「…聞くな、男だったらわかるだろう」

もっと強く握っても大丈夫なのに、
彼はまるで壊れ物を扱うかのように優しくしてくれた。

簡単に消えてゆく理性。

「…っ」

まだ愛に届かない

まだ愛に届かない

火崎 勇

13784

角川ルビー文庫

目次

口絵・本文イラスト／麻生　海

白いベッドシーツの波の中で、揺蕩《たゆた》うようないい気分だった。

軽い疲労《ひろう》は感じるけれど、悪い気分じゃない。むしろ、この疲《つか》れの原因を思い出すと、口の端《はし》が緩《ゆる》むくらいだ。

多少の後悔《こうかい》はあるけれど。

傍《かたわ》らに感じる体温。

いつまでもその温《ぬく》もりを味わっていたい。

溺《おぼ》れてはいけないと思いつつも、この幸福感を大切にしたい。

なのに突然《とつぜん》それを妨《さまた》げるものが枕元《まくらもと》で鳴り響《ひび》いた。

「ん…」

泳ぐように振《ふ》りかぶって伸《の》ばす腕《うで》。

摑《つか》んだのは最先端《さいせんたん》の着メロを鳴らす淡《あわ》いグリーンの携帯《けいたい》電話。

もちろん俺の、だ。

「はい…、鷺沼《さぎぬま》」

眠気《ねむけ》を引きずったままの声で出る電話の相手は会社の人間だった。

「ん…、寝《ね》てた。何、急ぎ？」

内容は、週末に放《ほう》っておいた仕事の確認《かくにん》だ。

「ああ、それ？　明日俺がやるつもりだったんだけど…、今日じゃなきゃダメ？」

もそもそと身体《からだ》をベッドの端に寄せ、隣《となり》に眠る人間を起こさないように声をひそめる。

だがそれは無駄《むだ》な気遣《きづか》いだった。

「部長、帰った後だったんだ。だからハンコが無くて」

向けた背中にそっと伸びて来る指の気配。

慌《あわ》ててその手を叩《たた》くと、小さく『痛っ』という声が聞こえた。

「わかった。明日会社行ったら一番に回してやるよ。それでいいか？　ああ、それじゃ」

手の持ち主が次に何をするのか予測がついていたから、慌てて電話を切る。

思った通り、携帯を元の場所へ戻《もど》すより先に、再び伸びて来た腕が俺の腰《こし》に回った。

「誰《だれ》だったんですか？」

まだ眠気の残る声。

「市川《いちかわ》だよ。仕事のことだ」

眠いからちょっと子供っぽい響きも残っている声なのだが、腕の力は違《ちが》う。

「休日出勤？」

グイッと引っ張られると、片方の腕だけだというのに、俺の身体は簡単に相手の胸元《むなもと》へ引き寄せられる。

「あいつがな。手を離《はな》せよ」

自分も相手も、かろうじて下着は着けているが衣服は着けていない。いや、この様子だと相手は下着も着けていないな。

密着する肌《はだ》に胸が騒《さわ》ぐから、身体を揺《ゆ》すって離れようとした。

「嫌《いや》だって言ったらどうします?」

けれど、こいつは言うことをきかない。

目の前の、端整《たんせい》な男の顔が幸福そうに笑うと、苦しくなるのをこいつは知らないのだ。

「腹減ったんだよ」

怒《おこ》った顔をしても、笑《え》みは消えなかった。

その顔も好きです、みたいな目で見て来る。

「俺もです。まだあなたに飢《う》えてる」

その響きがどんなに俺を震《ふる》わせるかも知らない。

だから平気で俺の耳元に唇《くちびる》も寄せるし、その指で肌も探《さぐ》ってくる。

声を上げて、もう一度昨夜《ゆうべ》の続きをしたいと願うセリフを口にしないために俺がどんなに苦労しているか想像もしないのだろう。

彼のモノが当たって来るだけで、身体が熱くなるというのに。

「千谷《ちや》、俺が怒る前に手を離せよ？」

もう一度言うと、やっと手は離れた。

「…はい」

名残惜《なごりお》しそうに身体を離し、俺を見る。

「何？」

「鷺沼さん、奇麗《きれい》だ…」

「ばか言ってるんじゃない」

その言葉が嬉《うれ》しいのに、そんな素振りは見せずすぐにベッドを降りた。

ちょっとだけ距離《きょり》をとって振り向くと、硬《かた》そうに見える髪《かみ》を前に垂らして、大きな目はまだこちらを見上げていた。

童顔ではないのだけれど、その目だけが子供っぽい印象を与《あた》える。ほんの少し細めるだけで、男の顔になるのに。

「いつまでもガキじゃないんだから、ベタベタすんなよ。俺はシャワー浴びて来るからその間にモーニング頼《たの》んでおけ」

「飲み物は？」

「トマトジュースとコーヒー。ついでに、そっちのベッドもちゃんと乱しておけよ」

「はい」

二人が眠っていたベッドの横にはキチンとメイキングされたまま皺《しわ》一つないベッドがもう一つある。

それはつまり、ここがホテルの一室でツインの部屋をとったというのに、俺達は男同士で一つベッドに寝たという証拠《しょうこ》。

その状態が他人に知れると外聞が悪いから取り繕《つくろ》っておけ、ということだ。

床《ゆか》に落ちた自分の部屋着を拾い、下着姿のままバスルームに入ってドアを閉め、鏡に映った自分の姿にタメ息をつく。

奇麗？

俺が？

確かに、睫毛《まつげ》は長い方だし、顎《あご》も細いとは思う。切れ長の目も気に入ってはいる。高校くらいまでは気の強そうな美人タイプとも言われた。だが所詮《しょせん》それは十代の思春期の頃《ころ》の話だ。

今では自分を女性と見間違える者はいないだろう。

なのにどうしてあいつはそんなことを平気で言うかな。

どうして俺はそんな言葉に泣きそうなほど嬉しくなるかな。

まったく…。

こんな幸せを手に入れてしまっては、決心が鈍《にぶ》る。

わかっていたことなのに、どうしてこんなことになったのか？

俺は答えのわかりきった質問を自問自答した。

そりゃ、あの日酒を飲み過ぎたのが悪いのだ、と。

あの日、もし自分が全くの素面《しらふ》だったら、こんなことにはなっていなかっただろう。

それが正しくない答えだと知りながら、俺は自分に言い聞かせた。

酒が悪い、酔《よ》ってしまったのが悪い、と。そうでなければ、きっとこの道は選ばなかっただろう、と。

そんなことだけじゃないのは、十分わかっていながら…。


今から三年前、俺をベッドから送り出した男、千谷立志《りゅうじ》はアルバイトとしてウチの会社にやって来た。

まだ大学三年生、体格は今と同じく俺より大きかったが、顔は可愛《かわい》いもんだった。

前髪を垂らし、後ろも今より長くて、当時の流行のブランドのシャツがよく似合っていたのを覚えている。

俺はといえば彼より三つも上で、入社二年目に突入したばかり。

使いっ走りの修業時代を終えて、やっと自分のデスクに座って仕事ができるようになったばかりだった。

「新しいバイトの面倒《めんどう》をみてくれ」

と部長直々に言われた時、俺はガッカリしたものだ。せっかく仕事ができると思ったのに、今度は子守《こもり》か、と。

だがそうではなかった。

「バイトの名前は千谷立志。いずれ我が社に入社する予定の青年だ」

「はい」

「鷺沼くん、君はまだ入社してやっと二年目に入ったところだが、この一年間真面目《まじめ》によくやっていた。近頃の若い者にしてはしっかりしてるとも思ってた。だから彼を任せたいんだ」

褒《ほ》め言葉ではあるけれど、まだ若いが新人を仕込むには十分という意味、その程度だと思った。

「千谷くんは、その…。なかなかデリケートな青年でね」

「何か性格的に問題でも？」

「いや、私もまだ会ったことはないんだ。だが性格とか能力とか、そんなものはこの際どうでもいい」

「でもアルバイトなら…」

部長は誰もいない応接室だというのに、声をひそめた。

「単なるアルバイトじゃないんだよ」

「はぁ…」

「君も『エドリー』は知ってるね？」

何故《なぜ》ここでその名が出るかはわからないが、当然俺は頷《うなず》いた。

「もちろんです。我が社の提携《ていけい》ブランドじゃないですか」

ウチの会社は洋傘《ようがさ》の大手メーカーだ。

とはいえ、そこらのコンビニなどで売っている安手のビニール傘が売り物ではない。デパート等に卸《おろ》す高級洋傘がメインで、昨今ではスカーフや帽子《ぼうし》など、総合ファッションメーカーとして名を馳《は》せて、『クラウズ・スター』と言えば誰もが知っている会社だ。

そして『エドリー』は若者向けのトップファッションブランドで、我が社とは先日ライセンス契約《けいやく》したばかりの会社だった。

正直、それまで下降気味だった売上が、若年層の顧客《こきゃく》の開発で一気に上昇《じょうしょう》したのだ。

「実は新しいバイトというのは、その『エドリー』の社長の息子《むすこ》なんだよ」

「え…」

「そろそろ就職を睨《にら》んで本人がアルバイトを始めたいと言い出したらしくてねえ。ウチとしては取引のこともあるし、ここで社長の息子を取り込んでおけば安泰《あんたい》というわけだ」

つまり、悪く言えばこれ幸いと人質《ひとじち》にとろう、ってことか？

「本人の意向もあって、他《ほか》の人間には身分を明かさないことになっている。知っているのは会社の上層部の人間だけだ。だが、たかがアルバイトの教育を上層部がするわけにはいかないだろう。そこで鷺沼くん、君に白羽の矢が立ったわけだ」

「…はい」

子守どころじゃない。

責任重大じゃないか。

「君なら性格もいい、家庭もしっかりしている。何よりこの一年余りの仕事は認めるべきものがあった。君を優秀《ゆうしゅう》な社員と見込んで坊《ぼっ》ちゃんを頼みたいんだ」

『頼む』と言われても、そこに選択《せんたく》の余地はなかった。

向こうは取引先の坊ちゃんで、こっちは入社二年目のぺーぺー。命令してるのは部長。

俺にできる返事はこれだけだろう。

「わかりました。心して務めさせていただきます」

そしてやって来たのが千谷だった。

彼に会うまで、俺は心の中でどんなバカ坊ちゃんが来るのかと想像していた。

きっと金と力にあかして威張《いば》りくさったガキだろう。

身分を隠《かく》すとか言ったって、どうせ普通《ふつう》に扱《あつか》われたらすぐに怒《おこ》りだして『俺は取引先の社長の息子だぞ！』とか喚《わめ》き散らすに決まってる、と。

だが千谷は違《ちが》っていた。

彼は、どこから見ても好青年だったし、中身も見た目の印象そのままだった。

ちょっと甘えるような素振《そぶ》りが残っているのは、まだ彼が学生だからというだけだろう。

「鷺沼さん、よろしくお願いします」

と、直角より深く下げる頭。

「俺、今回がバイト初めてなんで、悪いところがあったらガンガン言ってくださいね」

可愛い顔だった。

自分より背が高くなかったら、弟のようだと思っただろう。

猫《ねこ》っ毛で、朝真っすぐにするのにてこずる俺の髪《かみ》とは違う真っすぐで硬《かた》い感じのする明るい茶の髪が、大型の犬みたいにも思わせた。

頭を上げた時にこちらを見た、鳶色《とびいろ》の大きな目のせいかも知れない。

手なんかも俺より全然大きいのに、子供みたいで可愛いなぁというのが第一印象だった。

「君に頼《たの》むのはコピーとか書類の整理とか、簡単なデータの打ち込みばかりだと思うけど、つまらなくないかい？」

「俺、何にもできないんですから当然ですよ。それに、そういう基礎《きそ》をちゃんとやる人がいなきゃ、会社が動かないでしょう？」

優等生な返事だった。

けれど厭味《いやみ》はこれっぽっちもなかった。

「それがつまんないと思ったら、早く仕事を覚えます」

笑う顔も屈託《くったく》がない。

「正直言うと、どんなカタブツ親父《おやじ》の下に付くのかってドキドキしてたんですけど、鷺沼さんみたいに奇麗《きれい》な人の下でよかった」

「お世辞言っても、俺は見た通りのぺーぺーだからな、何にもでないぞ」

「お世辞なんかじゃないですよ。本当にそう思ったんです。鷺沼さんって、奇麗な顔してますよ。あ、顔だけってわけじゃないですよ。奇麗っていうのは性格もよさそうって意味も入ってますからね」

「顔だけでわかるもんか」

「わかりますよ、内面って顔にも出るもんなんですから」

いい子だ。

街に溢《あふ》れるいい加減なガキ共とは違う。

彼は本当の意味で『育ちのよい』真っすぐな青年だった。

ボンボンの子守だ何だと腐《くさ》っていた気持ちなんて、本人を目の前にした途端《とたん》、全部消え失《う》せてしまった。

仕事もきちんとする。

態度も柔《やわ》らかく、礼儀《れいぎ》正しく、明るくて元気で、言葉遣《ことばづか》いもちゃんとしている。

探そうったって、こんないい子は他には見つからないだろう。

当然のように俺はすぐに千谷を気に入ったし、千谷もまた俺にすぐに懐《なつ》いてくれた。

大切な取引先の息子さんで、大事にしなくちゃならないというのもあっただろう。

会社の中で初めて得た自分の部下だということもあったかもしれない。

けれどそれだけではなく、本人を気に入ったのだ。

素直《すなお》で、インプリンティングしたみたいに自分の後をついて回る大型犬が可愛《かわい》くて仕方がなかった。

もしもそのままの気持ちでいられたら、俺は千谷とベッドへ入るなんてことは考えなかっただろう。

いくら可愛くたって、弟や犬とそういう関係になるなんて考えられるわけがない。

一緒《いっしょ》にいて楽しい。

懐かれて嬉《うれ》しい。

千谷に『鷺沼さん』と呼ばれるだけで、笑《え》みが零《こぼ》れてしまう。

もしそんな気持ちだけで終われたなら、彼とは平穏《へいおん》に過ごせただろう。

先輩後輩《せんぱい》とか、友人とか、そんな関係で終われただろう。

彼を『好き』というのは、そういう意味でしかないのだと思っていられたはずだ。

けれど…。

転機は彼の大学卒業と共にやって来てしまった。

「鷺沼さん」

無事入社式を終えて再び俺の下で働くためにやって来た彼を見て、俺は言葉を無くした。

「久々です」

卒業式と、その後の友人達との卒業旅行の間、彼は会社に顔を出さなかった。

寂《さび》しかったが、その寂しさは可愛がってたものが急にいなくなったからというだけだと思っていた。

どうせウチに就職するのだとは知っていたから。

今いなくてもすぐに慣れる。

戻って来たら今まで通りになる。

そんなふうに軽く考えていた。

けれど違ったのだ。

たった一カ月程度の間に、千谷は変わっていた。

好き勝手に伸《の》ばしていた硬い髪にはハサミが入り、目を隠すほどだった前髪も後ろに撫《な》でつけられていた。

高いんだろうな、とは思ったがパッと見そこらで売ってるようなシャツばかり着ていた身体《からだ》は、ピシッとしたスーツに包まれていた。

長い手足。

自分より高い身長。

バランスの取れた体格にはとてもスーツが似合っている。

社会人になるからと初めて袖《そで》を通した他の新入社員とは違う。

いや、当然だろう。彼の正体を思えば、学生時代から何度もスーツを着ていたに違いない。

着こなす、という言葉を知っている身体なのだ。

「どうしたんです？　スーツ似合いませんか？」

照れたようにはにかむ顔だけが、以前の千谷を残していたが、そこに立っていたのは見知らぬ男だった。

カッコイイ――。

ボキャブラリーの貧困《ひんこん》な自分には、その一言しか出て来なかったけれど、全身があっと言う間に目の前の男に魅了《みりょう》されてしまった。

子供じゃない、ましてや大型犬でもない。

見惚《みと》れてしまうような、カッコイイ男だ。

どうして今までそれに気づかなかったのだろう。

彼がバイトに来てる時から、女子社員は言っていたじゃないか。今度のバイトの子、カッコイイわねって。

どうしてあの言葉を笑ってしまえたんだろう。

カッコイイじゃなくて可愛いでしょう、と否定できたのだろう。

「…まあ七五三には見えないから安心しろ」

それだけ言うのがやっとだった。

仕事に戻るフリをして視線を外しても、心臓はバクバクと今までにないほど大きく鳴り響《ひび》き、手も震《ふる》えた。

「今日からまた、お願いしますね」

「ああ」

「手伝いますよ」

側《そば》に立たれるだけで苦しい。

男なんか恋愛《れんあい》対象にしたことのない自分でも、この気持ちが何なのかわかってしまうほど、俺は千谷にときめいた。

「コピーでしょう?」

そんなことがあるはずはない。

「ああ、十部頼む」

ついこの間まで、こいつは自分の弟分だったじゃないか。

男を好きになるなんて、世間にはあっても自分にはあり得ないことのはずだ。

けれど、どんなに言い訳をしても、事実は事実だった。

あさはかなことに、俺はカッコよくなって現れた千谷に一目惚《ひとめぼ》れしてしまったのだ。

元々千谷のことはとても好きだった。いい子で、ずっと一緒にいたいなって思ってた。彼といると楽しかった。離《はな》れていれば会いたいと思い出すこともあった。

でもそれはみんな『好意』でしかなかったはずなのだ。

『恋《こい》』ではないはずだった。

なのに。その『好き』は、簡単に形を変えられてしまったのだ。

『好意』から『恋』へと。

より激しいものに。

悲しいことに、俺は小さな子供ではなく世間の事情がわかっている大人だったから、その気持ちが絶望に繋《つな》がるものだとすぐに理解した。

これは芽生えても先のない恋だ。

『ああ、好きだ』と思った瞬間《しゅんかん》に失恋が決定する恋だ。

だってそうだろう？

相手は年下だし、男だったし、取引先の社長の息子《むすこ》だ。

周囲には年下の可愛い女の子がいくらだっている者が、好きこのんで年上の男に惚れるはずもない。

もし万が一彼が男性を好きになるタイプの人間だとしても、取引先の社長の息子を男色に引き入れたなんて知られたら、俺はおろか会社全体に迷惑《めいわく》がかかる。

彼も周囲から責められるだろう。結婚《けっこん》して、家を担《にな》う立場にいながら、と。

その気がないなら、気持ち悪いと逃《に》げられるかもしれない。そう思うとそんな素振《そぶ》りを見せることもできない。

第一、今まで先輩風をふかせていた自分がどんな顔で言えるのだ？　カッコイイ姿を見て惚れました？　好きです、恋人になりたいです？

…言えるわけがない。

好きになってもらうことはおろか、自分から好きだと告白することもできない。

片思いだと、決められていた恋だ。

気づかなければよかったと後悔《こうかい》するだけのものだ。

だから俺はその気持ちをすぐに隠《かく》してしまった。

せめて会社で一緒にいる間だけでも幸福だと思おう。

元々千谷は出会うはずのない部類の人間なのだ、それが側にいてくれることだけでも、ラッキーだと思わなくては。

いつか彼が可愛《かわい》い彼女ができたと報告してくれれば、諦《あきら》めもするだろう。

二年間、千谷は俺にとって後輩《こうはい》で、弟で、ペットだった。

その後の一年間、千谷は俺にとって片思いの相手だった。

一生、その状態のままのはずだった。

けれど、三ヵ月前、俺と千谷の関係は今までとは全く違《ちが》うものになったのだ。

それは二人共が酒の入った『あの夜』のせいだった。


部長に千谷のことを任された時にはぺーぺーだった俺も、今やすっかり落ち着きを身につけた二十七歳。

細い顎《あご》も、切れ長の目も、ハンサムな方だと自負はあるけれど、可愛いと思われる時期は過ぎてしまった。

鏡をのぞけば、そこにいるのはどこから見ても男にしか見えない顔があるだけ。

千谷には相変わらず先輩として懐《なつ》かれているけれど、『好き』と言われることなどとっくに諦めていた。

彼の正体はまだバレてはいないけれど、既《すで》に女の子達の間では出世株だろうとチェックされているのを知っていたから、遠からず千谷にも彼女ができるのだろう。

あとはその時が来るのを静かに待つだけ。

そう腹をくっていた頃《ころ》だ。

「鷺沼さん、彼女とかいないんですか？」

接待、というほどではないが納入先の人間の誘《さそ》いを断れずに深酒に付きあわされた夜。

「いたら普段お前と飲みに行くもんか」

俺はちょっと飲み過ぎたことを反省していた。

どうしてって、お得意様と別れて千谷と二人きりになった途端《とたん》、戒《いまし》めていた気持ちが緩《ゆる》み始めてしまったからだ。

「そういう千谷こそどうなんだ？　総務の女の子達が騒《さわ》いでるの、聞いたことがあるぞ」

「そうですか？　俺は知らないなぁ」

二人でアルコールの匂《にお》いをさせながら肩《かた》を並べて歩く繁華街《はんかがい》。

時折肩が触《ふ》れるだけでも、ちょっと幸せな気分。

「俺は…、恋人は作らないんです」

「作らない？　もったいないな」

駅まで歩く道を遠回りしようと言ったのは、自分だった。

「だって面倒《めんどう》でしょ？　一生懸命《いっしょうけんめい》仕事してる時にデートしてくれだのプレゼントくれだのって言われるの」

ちょっと酔《よ》い過ぎたから、醒《さ》まして行きたい、と。

でもそれは嘘《うそ》だ。

「ばかだなぁ、そこが可愛いんじゃないか」

少しでも長く、こうして二人で歩いていたかったからに過ぎない。

「鷺沼さんはそういう女の子が好きなんですか？」

「そういうわけじゃないけど、女の子はちょっとワガママなくらいがいいって言うだろう。一《いっ》般論《ぱんろん》さ」

「俺は嫌《いや》です。何か理由があって色々言われるのはいいですけど、理由もなく要求ばっかり突《つ》き付けられるのは苦手です」

「そんなもんかね」

喧噪《けんそう》から離れた通りは光も少なく、すれ違うのは同じような酔っ払《ぱら》いが数人だけ。

中には自分達のようなサラリーマンもいるし、できあがったカップルもいた。

彼が近くにいるから染まる頰《ほお》も、酒のせいにできる。

ふらふらと足元が危ないフリをして彼によりかかるのも、酔いのせいにできる。

まるで、中学生の恋だ。

側にいるだけでいい、ちょっと触れたり、目が合ったりするだけで幸せだと思うなんて。

「鷺沼さん、彼女とか欲しいんですか？」

「そりゃあ、お前。男だったら一人が寂《さび》しい時だってあるからな」

「へえ…、意外だな。鷺沼さんがそんなこと言うなんて…」

「ま、暇《ひま》になったら俺だって恋人くらい作るさ。その前に仕事だよ」

来た時は十分もかからない道だった。

なのにさっきから千谷に任せて右へ左へと曲がるから、もう随分《ずいぶん》長く歩いてる気がする。

隣《となり》の駅まで歩くつもりだろうか？

「…鷺沼さん」

「ん？」

「…気持ち悪い」

「え？」

突然《とつぜん》、千谷は俺の肩に顔を埋《うず》めた。

「飲み過ぎたみたいです」

「大丈夫《だいじょうぶ》か？」

慌《あわ》てて彼の顔をのぞき込むと、既に目が据《す》わっていた。

「タクシー拾うか？」

「車に乗ったら戻《もど》すかも…」

と言われても、自分より体格のいい千谷を、背負って歩くのは無理だ。肩を貸すだけでもよろめいてしまうだろう。

「じゃ、一旦《いったん》近くの店にでも…」

とは言うものの、道を外れて歩いて来たせいで辺りに店なんて一軒《いっけん》もなかった。

あるのはただ、目の前の…。

「千谷、歩けないのか？」

「無理かも」

「吐《は》くか？」

「かも…。それに眠《ねむ》いです」

千谷は酔ってる。

俺には千谷は担《かつ》げない。

辺りには他《ほか》に休めるところはなかったし、四月とはいえ、まだ肌寒《はださむ》いこの季節に酔っ払い二人で道に座り込むわけにはいかない。

頭の中に、沢山《たくさん》の言い訳が飛び交《か》った。

『そこ』へ入る他に千谷を介抱《かいほう》する方法がなかったんだという言い訳が。

「千谷、もうちょっとだけ歩け」

長い彼の腕《うで》を取って自分の肩に回す。

「普通《ふつう》のところだと、酔っ払いは追い払われるかも知れないから。そこへ入ろう」

ほんの数メートル先に灯《とも》った看板を顎で示す。

その看板が何であるか、酔っ払いの千谷にはわからなかったかも知れない。けれど、実は酒には強い俺にはわかっていた。

「…はい」

素直に頷《うなず》く千谷を引きずって、俺は高鳴る胸を抑《おさ》えながらその看板の場所、ラブホテルへと彼を連れ込んだ。

震《ふる》える手で、入り口の部屋の案内のボタンを押す。

部屋の内装を写した明るいパネルの下から、すぐにルームキーが出る。

最近はもっと洒落《しゃれ》たシティホテルのようなものが多いと聞いているのに、そこは昔ながらのいかがわしさを醸《かも》し出していた。

それがまた自分の罪悪感を煽《あお》る。

何も知らない後輩を、取引先の息子《むすこ》さんを、こんな連れ込み宿みたいな場所へ引き込むなんて、何ていかがわしい人間なんだ、俺は。

どうせ何もないとわかっていても、下心が溢《あふ》れて止まらない。

彼が吐いて楽になったら、きっと眠るだろう。

その寝顔《ねがお》に触れることくらいならできるかも知れない。

彼が目覚めたら、『お前が酔い潰《つぶ》れたせいでこんなとこに入るハメになった』と、自分から先にキレてしまえば怪《あや》しまれないはずだ。

「しっかりしろ、千谷」

選んだ、運ぶのに楽な一階のドアを開けて部屋の真ん中で自己主張する大きなベッドの上へ千谷を降ろす。

「ほら、ネクタイとって」

仰向《あおむ》けにし、ネクタイを外す時にはまた指が震えた。

「トイレ、一人で行けるか？」

心配してるフリをして顔を近づける。

「付いて行ってやろうか？」

蒼《あお》ざめた顔をした千谷は、ゆっくりと身体《からだ》を起こした。

撫《な》でつけていた前髪《まえがみ》がはらりと零《こぼ》れる。

その横顔すら色っぽくて、感じてしまう。

「…一人で行けます」

そう言うと、彼は不機嫌《ふきげん》にスーツを床《ゆか》に脱《ぬ》ぎ捨て、辺りを見回した後、部屋の隅《すみ》にある小さなドアの向こうへ消えた。

彼の背中を追った目が、周囲に向けられると、すぐに後悔《こうかい》はやって来た。

赤い絨毯《じゅうたん》、巨大《きょだい》なベッド、ガラス張りのバスルーム、小さな冷蔵庫。

枕元《まくらもと》には小さなカゴがあり、そこには避妊具《ひにんぐ》が幾《いく》つか並べられていた。

「何やってるんだ…、俺は…」

情けない。

こんなところに入ったって彼の気持ちがどうこうなるわけじゃないのに、『何か』を期待しているんだから。

ネクタイを緩《ゆる》め、ごろりと仰向けにベッドに横たわると、天井《てんじょう》の鏡に映った自分と目が合った。

酔っ払いのサラリーマンが、やけに派手な布団《ふとん》の上に寝転がってる。それだけの姿だ。色気なんて、微塵《みじん》もありはしない。

欲しがってる顔だけが卑《いや》しくて、俺は目を閉じた。

彼がトイレから出て来て、少し楽になったと言ったら、すぐにここを出よう。

こんなとこに長くいたってしょうがない。

ここにいて、何もされない方がもっと惨《みじ》めじゃないか。

「千谷…」

手の中に残っていた彼のネクタイを握《にぎ》り締《し》め、そっと口元に寄せる。

本人にキスできないから、それにキスを贈《おく》る。

俺がこんなにも好きだって、あいつは知りもしないんだ。

一生、それを口にすることはできないんだ。

俺は、好きな人に『好き』も言えない。

「鷺沼さん」

名前を呼ばれて、ハッと目を開ける。

「千谷、大丈夫か？」

慌ててネクタイを口元から外し、身体を起こす。

ワイシャツのボタンを三つも外して、襟元《えりもと》から鎖骨《さこつ》を覗《のぞ》かせて立っている千谷は、胸の音が外にまで聞こえてしまうのじゃないかと思うほど俺の胸を高鳴らせた。

「どうして…、俺をこんなとこ連れて来たんです？」

怒《おこ》っているような声だった。

「どうしてって…、お前が酔《よ》って吐くとか言うから…」

バレた？

自分の浅ましい欲望に気づかれた？

「そんなの、道端《みちばた》に放《ほう》っておけばよかったのに」

「そんなことできるかよ」

「…そうですよね。鷺沼さんは優《やさ》しいから」

歩み寄る彼が、俺の前に立つ。

「俺、鷺沼さんの優しいところ好きです」

『好き』という言葉に身体が反応してしまいそう。

「…気分、よくなったのか？　大丈夫《だいじょうぶ》ならもう出るぞ」

目を逸《そ》らしたいのに、彼から目が離《はな》せない。

「大丈夫じゃないです。凄《すご》く酔ってます」

「だったらベッドにでも座れよ」

「座っていいんですか？」

「立ってる方が辛《つら》いだろ」

「側《そば》に座る方が辛いかも」

「な…んだよ、それ」

拒絶《きょぜつ》する言葉のように聞こえて、声が震える。

「俺…、凄く酔ってるんです」

「だから、それなら座れって言ってるだろ。俺の隣《となり》に座るのがイヤなら、お前だけ座れよ。俺は帰るから」

「待って…！」

立ち上がった俺の腕を摑《つか》む手は、強かった。

「…行かないで」

『何か』を期待してしまいそうなほど強かった。

「子供みたいなこと言ってんなよ。どこにも行かないから、座れ」

「はい」

項垂《うなだ》れて、千谷は俺の隣に腰《こし》を下ろした。

近い距離《きょり》。

会社でもこのくらい近くにいる時はあったのに、それがラブホテルのベッドの上だと思うと、その近さを意識してしまう。

「吐《は》いたのか？」

「少し」

「楽になっただろう。苦しい時はさっさと吐いた方が楽なんだ」

「吐いたら…、全部出したら楽になりますか？」

「なるさ。悪いものが身体の中に残ってるから気持ち悪くなるんだ。そういう時は全部出してスッキリした方が…」

「じゃあ全部吐きます」

千谷は、俺をベッドへ押し倒《たお》した。

「わ、待て。ここで吐くな、トイレ行け」

「好き」

真上にある千谷の顔は泣きそうだった。

前髪が下りて陰《かげ》になってるのに、それだけはよくわかった。

「俺、鷺沼さんのこと好きなんです」

「…千谷」

心臓がバクハツしそうだった。

これは自分が見てる夢だと思った。

彼が好きなのだと気づいてから、随分《ずいぶん》長い間我慢《がまん》して来た。その間、こういう妄想《もうそう》をしたこともあった。

千谷の方から、俺を好きと言ってくれること。彼が自分に欲情してくれること。

でもそれは全部『夢』でしかなくて、朝になれば虚《むな》しいばかりだった。

「酔ってるんです。だから朝になったら忘れてもかまいません。でももう我慢できないんです。着崩《きくず》してベッドの上にいる鷺沼さんが俺のことを待っててくれるなんて、こんな姿を見たら我慢できないんです」

「千谷…、何を…」

キスをされた。

『吐いた』というのは本当なんだろう。触《ふ》れた唇《くちびる》は冷たくて、水の味がした。

「何してんだよ…っ！」

嬉《うれ》しい。

「一人が寂《さび》しいから彼女を作るって言うなら、俺が一人にしないであげます。好きになってくれなくてもいいです。だから、今だけ俺のものになって下さい」

「千谷…っ！」

酔ってるんだ。

「好き」

自分も、こいつも。

「好き」

特大級のダイヤモンドが手の中に転がり込んで来るような気分だった。

でもそのダイヤモンドは、やがて他《ほか》に持ち主が現れるであろうことも知っていた。

彼はいつか実家へ帰らなければならない人間だ。

ウチの社を辞《や》めて、自分の会社へ戻《もど》って、家柄《いえがら》のいい子供を沢山《たくさん》作ってくれる女の子と結婚《けっこん》しなければならないはずだ。彼がそれを拒《こば》んでも、周囲はそれを許さない。

反対されれば、一番他人が泣かなくて済む方法を考える男だ。

俺は、彼が自分よりも優しい人間なのを知っていた。

だから、俺は手の中の宝石を握り締めることができなかった。

「本当に好きなんです。本気なんです、真剣《しんけん》に言ってるんです。もうずっと…」

彼の『好き』に応《こた》えたら、俺はきっと手放すことができないだろう。だって、俺の方が絶対こいつよりこの恋《こい》を欲しがってるんだから。

「…あなたが『好き』」

『俺も好き』と言ってしまったら、たとえ千谷が周囲を敵に回しても、そのことで苦しんでも、手放せなくなるだろう。

「酔っ払《ぱら》いめ」

それはいけない。

俺は彼より年上で、彼を守ってやらなきゃならない立場なんだから。

「…鷺沼さん」

「こんな安っぽいラブホテルなんて来んの初めてだろ」

「…はい」

「だからってすぐその気になるなよ」

「違《ちが》います、俺は…」

「まあ、俺もここんとこ溜《た》まってたから。お前が相手したいって言うなら少しくらい相手してもいいけどさ」

「それは…」

「男と恋愛《れんあい》はしない。でもセックスの相手だったらしてもいい。お前は『いいヤツ』だし、気に入ってるし、面倒《めんどう》を起こさないって約束するなら、付き合ってもいいぞ」

彼が、戯《たわむ》れに人に『好き』と言わないこともわかっていた。

きっとこれは本気。

本当に千谷は俺を『好き』になってくれたんだろう。

だからこの言葉がどれほど彼を傷付けるかも、俺にはわかっていた。

「セックスフレンドだったらなってもいいぞ」

目の前で、彼の顔が驚《おどろ》きから絶望に変わるのを見ていた。

心臓が摑まれたみたいに苦しかった。

「…鷺沼さん」

賭《か》けだった。

それでも彼が自分を抱《だ》いてくれるか、呆《あき》れ果てて前言を撤回《てっかい》するか。

「もし、俺が面倒は起こしません、セックスフレンドでもいいですって言ったら、抱いてもいいですか？」

声は、震《ふる》えていた。

でも涙《なみだ》は見えなかった。

「いいよ」

嬉しくて死んでしまいそうなのに気づかれないように、俺は鍛《きた》え上げた営業スマイルを浮《う》かべた。

これはオススメの商品ですって、薦《すす》めたくもない品物を手に笑うように。

「…わかりました」

その一言で、泣きそうだった千谷の顔から表情が消える。

「あ…」

抱《し》き締められ、ベッドの上に引き上げられ、乱暴に服を剝《は》ぎ取られる。

ネクタイの解《ほど》き方も知らないのか、強引《ごういん》に引っ張られて首が痛む。

「鷺沼さん…」

キスされて、触《さわ》られて、声を上げそうだった。

何をされても感じてしまうことを悟《さと》られたくない。

覆《おお》いかぶさるその背に、腕《うで》を回して縋《すが》り付きたい。

彼の唇が首筋に埋《う》まると、ゾクリとした感覚に鳥肌《とりはだ》が立った。

指先がファスナーを下ろすと、中で応えるものが勃《た》ち上がった。

「…本当に溜まってたんだ」

手の平が優《やさ》しくそこを包む。

「俺で感じてくれてるんだったらいいのに…」

ポソリとつぶやく声に快感が走る。

お前に感じてるんだと、教えてやりたかった。

性的な経験はあったけれど、こんなに早くその気になるのは相手が好きな人だからだ、と言ってやりたかった。

けれど俺は聞こえないフリをして、彼から目を逸《そ》らせた。

「ここ、触っていいでしょう？」

ゆっくりと揉《も》みしだかれる箇所《かしょ》が震える。

「…聞くな、男だったらわかるだろう」

もっと強く握《にぎ》っても大丈夫《だいじょうぶ》なのに、彼はまるで壊《こわ》れ物を扱《あつか》うかのように優しくしてくれた。

簡単に消えてゆく理性。

人懐《ひとなつ》こく笑っていた千谷の唇が俺のモノを含《ふく》む。

「…っ」

男の色気を感じた前髪《まえがみ》が腹をくすぐる。

長い指が遠慮《えんりょ》がちに胸元《むなもと》を探《さぐ》り、硬《かた》くなった先を弄《いじ》った。

好きだった。

可愛《かわい》い時も、カッコイイ時も。

俺はお前が好きだった。

だからこうして抱かれることが幸福なのだ。

たとえ『好き』と言えなくても、これが一過性のことだったとしても。お前の体温を感じて、お前の手でいかされるのは、俺にとって幸福以外の何ものでもなかった。

「あ…」

抑《おさ》えようとしても止まらない声が上がる。

「よせ…」

淫靡《いんび》な舌使いで熱が煽《あお》られる。

「挿《い》れて…いい？」

「ダメだ」

「でも、俺も我慢《がまん》が…」

「手でしてやるから…、もっとこっちへ来い」

千谷の顔が自分の視界へ戻る。

てらてらと光る唇《くちびる》が、たった今まで自分のモノを含んでいたのかと思うと、背筋が震える。

手を伸《の》ばしてやると、彼の硬いモノは既《すで》に先から露《つゆ》を零《こぼ》していた。

「好きって…、言ってもいいですか？」

「お前が言うだけなら…」

「…好きです、鷺沼さん」

酷《ひど》い男だ。

最低の男だ。

その一言で感じるほど好きなのに、お前の恋心を踏《ふ》み躙《にじ》ってる。

でもこれがお前にとっても、俺にとっても一番いい方法なのだ。

自分の気持ちを正直に伝えたら、俺はきっと我慢がきかなくなる。お前が取引先の社長の息《むす》子《こ》だって知ってるけれど、いつかは結婚《けっこん》しなくちゃならない立場だって知ってるけれど、俺から離《はな》れて行くとわかってるけれど。

そんなことは許さないと言ってしまうだろうから。

「好きです、鷺沼さん」

千谷は何度も繰《く》り返した。

「好き、本当に好き…」

俺の全身に愛撫《あいぶ》を与《あた》えながら、ずっと言い続けていた。

「一方的でもいい、あなたが欲しかった…」

そんな嬉《うれ》しい言葉を、ずっと与えてくれた。

自分がもっとバカだったらよかった。

何にも知らない人間ならよかった。

そうしたら、一緒《いっしょ》に溺《おぼ》れてしまえたのに。

けれど俺は大人としての分別を手にしていたから、触《ふ》れ合うだけで達した後、こう言うこととしかできなかった。

「…仕事に支障を来《きた》さない限り、また溜《た》まったら相手してやるよ」

何度でも、好きなだけ抱いていい、と言う代わりに。

「結構、男でも楽しめたから」

お前の愛撫で蕩《とろ》けてしまった、と言う代わりに…。

それ以来、俺と千谷は会社では先輩《せんぱい》後輩で、時々彼が誘《さそ》うとベッドを共にするセックスフレンドになった。

彼は俺を抱く度《たび》に『好き』を繰り返し、俺はそれを聞かないフリをする。

このままずっと、彼が呼び戻《もど》されるか、彼女ができるまでこの関係は続くだろう。

俺は相変わらず自分の『恋心《こいごころ》』に蓋《ふた》をして、芝居《しばい》を続けていたし、彼はそれに気づいていなかったから。


「鷺沼さん、折り畳《たた》みの傘《かさ》の新作のカタログってどこでしたっけ」

「Bの棚《たな》の前にデカイ包みがあっただろう」

「あれ、開けていいんですか？」

「開けないでどうする。開けたらちゃんと数だけは確認《かくにん》しておけよ」

「はい」

日曜日の逢瀬《おうせ》の翌日、俺達はまた会社で何事もなかったかのように仕事をしていた。

昨日俺の携帯《けいたい》に電話をかけて来た市川は席を外しているが、オフィスには二十人ほどの者が忙《いそが》しく立ち働いている。

「鷺沼さんもいります？　取って来ますよ？」

その部屋の片隅《かたすみ》、千谷は俺の隣《となり》のデスクから、可愛くてカッコイイ笑顔《えがお》を無防備に投げかけて来た。

「じゃ、三十部頼《たの》む」

「はい」

俺はその笑顔に、一々胸を騒《さわ》がせながらそっけないフリをする。

「午後から外回りですから、一緒に食事しましょうね」

「いい店知ってるなら付き合ってやる」

「大丈夫、見つけてありますから」

正直、辛《つら》かった。

会社で彼に気のないフリをするのも、ベッドの中で彼を愛していないフリをするのも、酷く心を疲《つか》れさせた。

でもこの関係を壊したくなくて、自分に歯止めをかけなくちゃいけないとわかっているから、俺はそれを上手《うま》く続けていた。

「鷺沼さんって、ホントに千谷を上手く使ってますよね」

カタログを取りに席を立った千谷の背中を見送っていると、ふいに声がかかって振《ふ》り向く。

そこに立っていたのは同じ営業の荒井《あらい》だった。

「部下を上手く使えないと一人前じゃないからな」

俺はこの荒井が嫌《きら》いだ。

あまり人を『嫌い』と言い切ることは好きじゃないが、どうしても荒井だけには好意が抱《いだ》けなかった。

彼が男でありながら、小柄《こがら》で可愛い、自分がそうであったら千谷にもっと好かれるだろうなと思い描《えが》いていた顔立ちだからというのもあるだろう。

今年になって配属されて来た彼が、千谷の大学の時の同級生ということで千谷と馴《な》れ馴れしくしているのもあるだろう。

けれど一番は、彼が俺と千谷のことに一々突《つ》っ掛《か》かって来るからだ。

「どうして千谷が鷺沼さんの言うこと聞くのかわかんないな。俺だったら、先輩食事に誘って『いい店知ってるなら付き合ってやる』なんて言われたら怒《おこ》りますけどね」

「じゃ、お前より千谷の方が人間ができてるんだろ。それに、お前が付いてるのは俺じゃなくて高松《たかまつ》さんだろう」

「そうです。高松さんの方がずっと立派な人物ですから、よかったですよ」

「それなら、他人のことに文句を言うな」

他《ほか》の後輩がこんな口の利《き》き方をしたら、俺だってもっと強く怒っただろう。

けれど荒井の暴言を流すだけに止《とど》めるのは、心にやましいことがあるからだ。

彼の言う通り、俺はまるでパシリのように千谷を扱《あつか》っている。

千谷に優《やさ》しくしてしまうと、自分の本当の気持ちが零れてしまいそうだから、ワザとそうしているのだけれど。それが決していいことではないとわかっているから、つい引け目を感じてしまうのだ。

「鷺沼さん、本当は千谷のこと好きでしょう？」

「自分の可愛《かわい》い部下を嫌いという人間はいないよ」

「そういう意味じゃなく、ですよ」

「どういう意味だか知らないが、自分の仕事をしろ。高松さんに伝票の打ち込みしろって言われてるんだろう？　終わったのか？」

「もう終わります」

「『もう終わる』は『終わった』じゃないだろ。言われたことだけでもきちんとこなせ」

自分を嫌う人間は本能的にわかるというが、本能なんてなくたって、俺にはわかっていた。

彼もまた俺のことが嫌いだって。

それも、千谷を挟《はさ》んでのことだ。

「鷺沼さん、三十部持って来ました」

「ああ、ありがとう。そこ置いといてくれ」

「千谷、今日は外回り？」

戻って来た千谷に、俺に向けていたのとは全く違《ちが》う甘い声を出す荒井。

「ああ、頑張《がんば》って注文取ってくるよ」

俺に向けるのとは違う笑顔を見せる千谷。

それを見ているのは嫌《いや》だ。

「千谷、ついでに総務行ってボールペンとコピー用紙貰《もら》って来い」

だからまた仕事をいいつける。

荒井から彼を引き離すために。

それがきっとまた荒井にとっては腹立たしいことなんだろうと知りながら。

「何本ですか？」

「ボールペンは一箱、コピー用紙はB4とA4一束ずつだ」

「はい」

千谷はにこにこと全開の笑顔を俺に向けてそのままオフィスを出て行った。

「ボールペン、まだ残ってるんじゃないですか？」

ほら、文句だ。

「なくなってから取りに行くんじゃ仕事にならないだろう」

どうしてこいつのデスクが俺の真後ろなんだろう。もっともっと遠い場所に配置されてればいいのに。

わかってる。これもきっと千谷のためなのだ。

大切なボンボンの労働環境《かんきょう》をよくするために、わざわざ彼の友人を近くに座らせてるのだ。

「俺、鷺沼さんってあまり好きになれません」

荒井は更《さら》に近づき、背後から俺の背中に寄り添《そ》うように椅子《いす》を動かした。

「仕事しろ」

荒井が付いている先輩の高松さんは、午前中一杯《いっぱい》倉庫に行くとホワイトボードに記してあるから、こいつは午前中一杯自由の身。

ざわついたオフィスで、俺達に注意を払《はら》う者はいなかった。

「ちょっとくらい美人だと思って、お高くとまらないで下さいよ」

「美人？　誰《だれ》が？」

その言葉に驚《おどろ》いて目をやると、荒井はムスッと膨《ふく》れた。

「それワザと？　厭味《いやみ》だな」

「俺が美人だって言ってくれてるんなら、ありがたいと思って聞いておくよ」

醜《みにく》いと思ったことはないが、同性の、しかも俺を嫌ってる人間からの言葉だと思うと本当に嬉《うれ》しかった。

こんな自分でも、少しは奇麗《きれい》と思われるなら、千谷も気に入ってくれるかも知れないと。

「…鷺沼さん、知ってました？」

「何だ」

「千谷って、本当はこんなトコであなたみたいな人の下につくような人間じゃないんですよ」

荒井は更に近づき、真横に来ると声をひそめて言った。

「彼、本当は『エドリー』の社長の息子《むすこ》なんです」

別に驚きはしなかった。

学生時代からの友人ならば、知っていて当然だろう。大学でまで身分を隠《かく》す必要はなかったのだから。

けれどそれをこの男が簡単に口にすることに、俺は眉《まゆ》を顰《ひそ》めた。

荒井はそれを誤解したようだけれど。

「信じてないんですね。ま、それならそれでいいけど。俺はあなたの知らない千谷のこと、一杯知ってるんです」

それは本当だろう。

そして俺はそれを羨《うらや》ましいと思ってる。

絶対に荒井になんか教えてやらないが。

「俺、千谷が好きなんです」

「それはよかったな」

「恋人《こいびと》になりたいくらい好きなんです」

「じゃあ千谷にそう言えばいいだろう」

「だから、あなたが邪魔《じゃま》なんです」

「荒井、仕事に戻《もど》れ」

「彼の側《そば》で、彼を当然のようにコキ使うあなたが嫌いです。覚えておいて下さい」

「荒井」

睨《にら》みつけると、彼はにやりと笑った。

それでも、それは可愛い顔だった。

「あなた、千谷が好きでしょう。俺にはわかりますよ。だからあいつのこと自由にして御満悦《ごまんえつ》なんだ。彼に告白する勇気がないから、先輩風吹《せんぱいかぜふ》かせて命令して、言うことを聞かせて満足してるんだ」

「いい加減にしろ！」

バンッ、と机を叩《たた》くとその音でみんなが振り返った。

「言われた仕事ができないんだったら会社へ来るな。くだらないことを言うのは一人前に仕事をしてからにしろ」

恥《は》ずかしい。

こんなヤツの挑発《ちょうはつ》に乗ってしまうなんて。

けれど怒《いか》りは治まらなかった。

怒り？　違うな、これもまた羞恥心《しゅうちしん》だ。隠していたはずの気持ちを、こんなヤツに見抜《みぬ》かれたという恥《は》ずかしさからだ。

「おい、鷺沼。荒井がどうかしたのか？」

一番近くにいた坂本《さかもと》さんが怪訝《けげん》そうな顔で聞いて来る。

「朝から仕事もせずにくだらない話をしてるから、ちょっと怒っただけです」

「くだらない話なんてしてませんよ」

荒井は笑った。

「くだらない話だ」

だが俺はそれを睨みつけた。

「自分が誰を好きだとかどうとかいう話は、会社でするものじゃない」

荒井は俺がそこまで言うと思わなかったのだろう。『何でもないです』と狼狽《ろうばい》すると思ったのだろう。得意げな笑い顔が一瞬《いっしゅん》固まる。

「恋愛《れんあい》の話がしたいなら、休み時間にしろ。相談に乗って欲しいなら乗ってやるから」

けれど俺はもうこの恋を隠すことに慣れていた。

どんなに揺《ゆ》さぶられても、怒りや恥じらいを覚えても、誰にも気づかれずにそれを隠し通すことに慣れていた。

「すいません、坂本さん。よく言い聞かせますから」

坂本さんの方を見てにっこりと笑う。

大したことはないんですけどね、という顔で。

それを見て、場の空気はすぐに元に戻った。

「何だ、荒井。誰か好きな娘《こ》がいるのか?」

「らしいですね、でも告白できないみたいですよ。まだ子供だから、どうしたらいいのかわからないんでしょうね」

「今度一杯おごってくれたら、俺が相談に乗ってやるぞ」

笑い声が起こり、鼻っ柱の強い荒井が屈辱《くつじょく》に唇《くちびる》を嚙《か》む。

「さあ、もういいだろう、仕事に戻れ」

「…あんたなんか嫌《きら》いだ」

その言葉は他の人間には届かなかった。

たった一人、耳にした俺も笑い飛ばした。

「好きにしろ。お前に嫌われても、俺は何とも思わない」

俺が気にするのはたった一人の気持ちだけだ。

その苦しさを、お前は知るまい。

そうやって、感情を垂れ流すように、好きだ嫌いだと簡単に口にできるお前になんか、俺の気持ちはわからない。教えてもやらない。

荒井は椅子を引いて自分のデスクに戻った。

俺も、自分の仕事に戻った。

「鷺沼さん、ボールペン貰《もら》ってきました。コピー用紙はどうします?」

「一々聞くな。コピー機の横のストッカーに置いておけ」

ボールペンを差し出すこの手に、小娘《こむすめ》のように緊張《きんちょう》する。

そんな恋を、俺は誰にも触《さわ》らせたくなかった。

大切だから。

千谷だけが、何より大切だったから…。

もし、荒井が女の子だったら。

俺は彼の言葉を聞いて、静かに身を引いただろう。

聞くところによると、荒井もまたいいところの子のようだし、性格は悪そうだけれど千谷のことを本気で好きみたいだし。顔は可愛《かわい》いし、千谷も彼のことを気に入ってるみたいだし…。

きっと祝福できただろう、どんなに辛《つら》くても。

でも男ではダメだ。

男が恋人になれるというなら、俺が欲しい。

男でも恋人になれるなら、俺は絶対に譲《ゆず》らない。

「鷺沼さん？」

「ん？」

「考え事ですか？」

外回りに向かう車の中、間にギアレバーを挟《はさ》んだ距離《きょり》でも、彼と二人きりの空間に並んでいることで鼓動《こどう》が速くなる。

こんな大切な気持ちを、『彼のため』以外には譲れない。

「いや、別に」

「鷺沼さん、考え事すると眉間《みけん》にシワが寄るんですよね」

ハンドルを握《にぎ》りながら、横目で俺を見て笑う。

「お前、ちゃんと前見て運転してるか？」

「してますよ。でも、そういう時の鷺沼さん、奇麗《きれい》だからつい目が行っちゃうんです」

お前の方が奇麗だよ。

彫《ほり》の深い、ハッキリとした顔立ちが精悍《せいかん》だ。

「今週末、またデートしませんか？」

「今週末はダメだ」

断ると、彼は子供の声を上げた。

「えー、どうしてです」

でも仕方がない。仕事ではないけれど、仕事に繋《つな》がる付き合いがあるのだ。

「ローダースの改装記念に顔出ししようと思ってるから。あそこは大口だしな」

老舗《しにせ》の、雨具を取り扱《あつか》うファッションビルの名前を出すと、千谷も頷《うなず》いた。

「ローダースですか。あそこ、顧客《こきやく》の年齢《ねんれい》が上がって来てるでしょう」

「そうかな」

「ええ、前に納品行った時ちらっと見たんですけど、銀座って場所柄《ばしよがら》かも知れないですけど、五十代以上の女性ばかりみたいでしたよ」

千谷と、仕事の話をするのは好きだった。

恋愛のことを忘れていられるし、真剣《しんけん》な眼差《まなざ》しで『男』の顔になる彼を見るのも好きだったから。

「改装しても、あまり望めないんじゃないかな」

それに、会話は相手を見てするものだから、言い訳を考えずに彼の顔を見ていられるから。

「若い人向きにするって言ってたぞ」

「だからです。ヘタすると今までの顧客の足が遠のくかも。改装のチェックした方がいいかも知れませんね。もしどっち付かずだったら少しアドバイスした方がいいかも知れませんよ」

「お前はどっちがいいと思う？　年寄り向けか若者向けか」

「年配の人をメインに置いて、若い人にシックだと思わせる感じになればいいんですけど。今はレトロも好まれるし」

「でも俺達に口は出せないぞ？」

「アドバイスはできると思います」

「俺達は部外者だ」

千谷は前を向いたまま唇の端《はし》で笑った。

それがまた俺の胸を熱くする。

「あそこの部長、向かいにある大越《おおごし》デパートのことライバル視してるの、気づきました？」

「…いや」

「大越デパートでこれが流行《はや》ってるって言うと、すぐに飛びつくんですよ。今はニューレトロが流行ってるって言えば、きっと検討してくれますよ」

「観察眼があるな。褒《ほ》めてやるよ。日曜に行ったら、考えとく」

荒井の気持ちもわかる。

こんなにいい男の側《そば》にいたら、好きにならずにいられなかったんだろう。

俺がまだ『可愛い』と思っている時に、お前はもう千谷に惚《ほ》れたのだろう。

けれど恋愛は先着順じゃない。

いや、先着順だったとして、結果的に俺と同じようにこいつを苦しめるだけの恋しかできない相手はダメだ。

「…違《ちが》うな」

どんな言い訳をしても、もう俺は千谷を手放したくないと思ってるだけだ。

「え？　俺、道間違えました？」

「いや、何でもない。気にするな。道は合ってるよ」

止まらない。

「また考えごとしてましたね？」

『好き』を止めることができない。

「ちょっとだけだ」

貪欲《どんよく》に、彼を求め始めてる。

側にいられるだけでいいと思っていたのに、思いがけず彼に好きと言われたから、彼に抱《だ》かれたから、千谷を自分のものだと思い始めている。

危険な兆候《ちょうこう》だった。

「…悩《なや》み事だったら、少しは俺にも相談して下さいね」

優《やさ》しくされたい。

「大したことじゃないよ」

でも優しくされると困る。

「大したことじゃなくても。俺は鷺沼さんが好きだから、どんなことでも役に立ちたいと思ってるんです」

こんな言葉に甘やかされてしまいそうだ。

「お前なんかじゃ役に立たないよ」

左手が伸《の》びて、ギアチェンジする。

その手に、自分の手を重ねたい。

「あ、笑いましたね。俺だってこの間大口の契約《けいやく》とって来たんですからね、もう一人前なんですよ」

彼の体温を、今すぐ感じたい。

「…もう、一人前の男なんですからね」

跪《ひざまず》いて、愛して欲しいと言ってしまいたい。

「ナリだけはな」

けれど、俺は笑うだけだった。

「それに、二十歳《はたち》過ぎて一人前じゃない男がいたらおかしいだろ」

彼の真剣な言葉を、身を切る思いでジョークにするだけだった。

「ほら、そこ右だぞ」

「わかってます」

荒井が嫌《きら》いだった。

必死になって抑《おさ》えている俺の心に波風を立てようとする荒井が。

とても憎《にく》かった。

煮詰《につ》まってる、という自覚はあった。

というか、千谷を受け入れた時からもう煮詰まり過ぎていた。

コピーを取って、俺の後ろに付いていただけの千谷が、一人で仕事をするだけでも焦燥感《しょうそう》を覚えた。

いつまでも、俺はあいつの世話係ではいられないだろう。

彼は既《すで》に頭角を現し、一人で契約をとって来ることもあった。

資料を集めるのも上手《うま》かったし、弁も立った。

元々人懐《ひとなつ》こいところがあるから、営業先の年配者からも可愛《かわい》がられていた。

惚れた欲目かも知れないが、一緒《いっしょ》にいると彼のいいとこばかりが目に付いてしまう。そうするとまた不安になるのだ。

誰《だれ》かが、彼に近づくかも知れない。

俺などいなくてもいいと言われるかも知れない。

部署が変わったらどうしよう。

もう勉強は十分だと、親の会社に呼び戻《もど》されたらどうしよう。

荒井の言うことは少し当たっていた。

俺が、彼をワザとコキ使ってるってとこだけ。

好きと言えない代わりに自由にして満足してるわけじゃない。外から見たら、まだ彼は一人前ではない、俺の側に置いておかなけりゃダメだって印象を与《あた》えたいからだ。

でもそれももう限界だった。

隠《かく》し切れない才覚が、彼にはある。

帝王学《ていおうがく》とかいうのが、身についているのかも知れない。

千谷は、人に合わせるのが上手い。

ものごとの先を読むのが上手い。

周囲を観察することにも長《た》けている。

記憶力《きおくりょく》もあるし、探求心も旺盛《おうせい》だ。

「千谷、もうお前一人でやってみろ」

という一言が上から下ったら、俺も彼も逆らうことはできない。

その前に、もっと親しくなりたい。

彼が俺を必要としてくれるようになりたい。

千谷が俺を好きだと言って、抱いてくれるのに、もっとその上を欲しがっている。

好きという気持ちも、抱かれることも、あいつの結婚《けっこん》相手が現れたら消えてしまうものだと思っているから、それがなくなってもまだ俺が側にいてもいい理由を作りたい。

そのためには自分が彼の指導者でいることが必要だった。

千谷よりも、俺の方が上で、あいつが頼《たよ》る先輩《せんぱい》は俺なんだと思わせたかった。

だから、彼に頼ることはできなかったし、弱いところも見せたくなかった。

ワガママだ。

欲ばかりでドロドロとして、俺は醜《みにく》い。

けれど彼を大切にしたいという気持ちだけは奇麗《きれい》なままでありたかった。

千谷が、みんなに祝福されて、自分も『ああ、幸せだ』と思うような未来だけは、汚《よご》したくなかった。

誰にも、汚させたくなかった。

「千谷」

でもそれも言い訳だ。

「ん？　何？　荒井」

廊下《ろうか》の角。

あと一歩踏《ふ》み出せば会話をしている二人の視界に入る距離《きょり》で足が止まる。

「今度の日曜日、暇《ひま》？」

名前が出なくても、会話の主が誰であるかわかる声。

「日曜？　うーん、まあ暇だけど」

「今、トプカプの宝飾展《ほうしょくてん》来てるんだけど観《み》に行かない？　千谷、奇麗なもの、好きだろう？」

「うん、まあね」

明るい声。

きっと二人が大学に通っていた頃《ころ》は、毎日こんなふうに会話していたのだろうな、と窺《うかが》わせる自然さ。

「ねえ、行こうよ。先週も、その前も忙《いそが》しいって言って、全然付き合ってくれなかったじゃない。たまには俺にも付き合ってよ」

先週も、その前も、千谷は俺と一緒だった。

都心のホテルの一室で、裸《はだか》で抱き合って眠《ねむ》っていた。

彼が誘《さそ》うに任せて、ずっと俺が彼を独占《どくせん》していた。

だから、欲が深くなったのだ。いつでも手の届く場所に置き過ぎたから。

「…いいよ。荒井と出掛《でか》けるの久々だもんな」

「ホント？」

その返事に身体《からだ》が硬直《こうちょく》する。

自分の方が先に予定があると言って、彼の誘いを断ったのに。彼のプライベートに口を出す権利などないのに。

「じゃあ、一時に待ち合わせしよう。新宿でいい？」

「いいよ」

「帰りはアロンゾで食事ね」

「ああ、あそこかぁ、久しく行ってないなあ」

「ほら、覚えてる？　前に高宮《たかみや》達と行った時、あそこに大きな犬いたじゃん」

「レト？」

「そう、あれが子供産んだんだって」

「へえ」

アロンゾがどこにあるのか、知らなかった。

高宮という人物の名前も聞いたことがなかった。

自分の知らないことを、二人が共有してることに腹が立った。

当然のことなのに。

「千谷ん家《ち》の犬も可愛いよね」

千谷が犬を飼ってることも知らない。

「あれはオフクロのだよ」

彼の母親も知らない。

「おばさん、元気？」

「相変わらず、遊び回ってる」

身体が熱くなった。

嫉妬《しっと》で、目が眩《くら》みそうだった。

そんなヤッと俺の知らない話をするな。俺のところへ戻って来い。お前は俺を『好き』と言ったたろう。俺の身体を抱《だ》いただろう。

浅ましい言葉ばかりが頭の中に浮《う》かんで消える。

「じゃ、日曜にね」

「ああ、後で携帯《けいたい》に電話するよ」

人の来る気配に俺は慌《あわ》ててその場を離《はな》れ、トイレの個室へと駆《か》け込んだ。

息が苦しい。

どうして俺はこんなに千谷が好きなんだろう。

たかが学生時代の友人と日曜に待ち合わせてどこかへ行くという約束をしてただけじゃないか。


自分だって、それくらいのことはする。

荒井が、千谷のことを『好きだ』と言ったから？

それもあるだろう。でもあれが荒井じゃなくても、俺はきっと同じ反応をしたに違《ちが》いない。

千谷が優《やさ》しくする相手全《すべ》てが、羨《うらや》ましいと思ったに違いない。

それほどに、俺は彼に捉《とら》えられている。

深呼吸して、平静を取り戻し、個室から出る。

鏡の前で顔をチェックし、笑《え》みを浮かべる。

何も聞かなかった、何にも嫉妬なんかしてない。そんな笑顔を作らなくては。

「あれ、鷺沼さん」

壁《かべ》の中の四角い映像。

自分の顔の後ろに千谷が映る。

その瞬間《しゅんかん》、俺の口が滑《すべ》った。

「千谷、お前まだ日曜空いてる?」

なんでそんなこと言うんだ。

たった今、彼が予定を入れたのを知っているのに。

「え…?」

「誰《だれ》かと約束でもしたか?」

荒井と出掛けると知ってるクセに。

「もしまだ空いてるんなら、お前一度俺の部屋に遊びに来るか?」

鏡の中、千谷の顔が子供のように輝《かがや》いた。

「鷺沼さんの部屋、遊びに行ってもいいんですか?」

以前から、それは彼の望みだった。

俺のプライベートに踏み込みたいという、彼の要求だった。

けれど今の今まで、俺はそれを突《つ》っぱねていたのだ。

自分のテリトリーに踏み込まれたくはなかったし、彼の記憶が自分の部屋にまで刻まれたら、逃《に》げ場をなくしてしまう。

一人でいても『ここに彼がいた』と思うようになってしまう。それが怖《こわ》くて。

なのに俺は今、この状況《じょうきょう》でそれを口にした。

「え…と、実は友人と先約があって…」

彼が、荒井を捨てて俺を選んでくれるように、と。

「何だそうか。じゃあ仕方がないな。ちょっと話したいこともあったのに」

「相談ですか？」

「まあ、いいよ。先約があるんじゃ仕方がない」

「でも、鷺沼さん、日曜はローダースに行くって」

「いや、あれは止《や》めようと思って。別に仕事ってわけでもないしな。日曜は一人でゆっくりするよ」

悩《なや》んでいる千谷の顔。

俺が部屋にお前を誘うのも、仕事をすっぽかすと言い出すのも、お前に相談があるようなフリをするのも初めてだものな。

きっと俺に何かあったと思うだろう。

「…俺、行きます」

だから優しいお前はそう言うんだ。

わかっていたんだ。

「でも友人と約束があったんだろ？」

「重要なことじゃないし、鷺沼さんの方が大事だから」

「いいんだぞ、本当に大したことじゃないんだから」

「いいえ、俺にとってはあなたより大事なことなんてないです」

「会社でそんなセリフを言うな」

「…すいません」

わかってる。

俺は全部わかってる。

頭のいい人間だから、全てわかってる。

お前の考えることも、自分の汚《きたな》い欲望も。これがやってはいけないことだってことも、それで荒井が傷つくってことも、当日お前の顔を見れば苦しむことも、お前が帰った後の部屋が辛《つら》くなるってことも、全部、全部。

「あ、じゃ俺すぐ断って来ます」

なのにどうして、止めることができないんだろう。

トイレから飛び出してゆく千谷の腕《うで》を取って『今のはウソだ、荒井と遊んで来ていいんだ』って言えないんだろう。

苦しい。

苦しい。

苦しい。

彼を好きな余り、自分が最低の人間になってゆくことが止められない。

彼以外の人間がどうなろうと知ったことではない。

鏡に映る自分の顔は醜《みにく》かった。

千谷が奇麗《きれい》だと何度も褒《ほ》めてくれた、他人からも悪く言われたことのない顔は、この上なく醜いものだった。

「それでも…、ちゃんと最後には手放すから」

悪事の免罪符《めんざいふ》のように、俺は呟《つぶや》いた。

「ちゃんと…、別れるから」

できるかどうか、不安のつきまとう決意を、戒《いまし》めるように。


その日の午後、荒井はずっと不機嫌《ふきげん》だった。

せっかくOKの取れた約束を、千谷が断ったからだろう。

その理由が俺だと知っているのかいないのか、こちらには一度も声をかけて来なかった。

悪態一つつかなかった。

もっとも、それは俺の隣《となり》に千谷が座っていたせいかも知れないが。

荒井との先約を断って、彼が自分のところへ来てくれることに優越感《ゆうえつ》を感じる自分が嫌《いや》だ。

何もかも投げ捨てて、昔の自分に戻《もど》りたかった。

仕事をするのが楽しくて、千谷のことを可愛《かわい》い後輩《こうはい》と思っていた頃《ころ》に。

苦しいことなんて何にもなくて、あいつが笑うと胸の辺りがふわっといい気持ちになっていた頃に。

そうしたら、こんな自分を嫌《きら》いにならないで済んだのに。

その思いは、日曜日、チャイムの音に応《こた》えて自分の部屋のドアを開けた時にもっと強くなった。

「地図、わかりやすかったです」

前髪《まえがみ》を少しバラけさせて、スーツではなく襟《えり》の開いた薄手《うすで》のシャツだけを身に着けた千谷が、俺の部屋を訪れた時に。

「少し早かったですか？」

スーツ姿もカッコよかったけど、そういうラフな格好も似合う。モデルのようだ。

目が奪《うば》われる。

息が詰《つ》まる。

ああ、本当に。ばかみたいに俺はこいつが好きなんだなあと実感してしまう。意志を強く持っていないと、そのままその胸に飛び込んでしまいそうだ。

「…いや、上がれよ」

「おじゃまします」

「誰もいないよ」

「何となくですよ」

俺一人だけの空間。

俺の匂《にお》いしかしない部屋に、千谷が入り込む。

俺の心に入って来たように。

「奇麗に片付いてますね」

彼が居る、と思うだけで鼓動《こどう》が速まった。

「物、あんまり買わないからな」

俺のトコは平均的な中流家庭で、一人暮らしのこの部屋の家賃は自分で払《はら》っている。

いつも逢瀬《おうせ》を重ねる、彼の用意するホテルの部屋からすればちっぽけな部屋だ。

家具と言えば、ベッドとテーブルとテレビ。後は細々としたものだけ。その小さなテーブルの前に、大きな千谷が座った。

それだけで部屋は一杯《いっぱい》になった気がした。

「ケーキ、買って来たんですよ。後で一緒《いっしょ》に食べましょう」

「ありがとう」

白い箱を受け取って、そのまま冷蔵庫へ入れる。

「コーヒーでいいか？」

「あ、はい。何でも」

インスタントのコーヒーを淹《い》れる。

彼の隣に座るのが気恥《きは》ずかしくて、テーブルを挟《はさ》んだ向かい側へ腰《こし》を下ろす。

広い部屋ではないから、そんなことしたって離《はな》れることはできないのに。

「今日は…、ごめんな」

「鷺沼さん？」

「無理言って」

「そんなことないですよ、俺が決めたことじゃないですか」

「でも…、無理言った。約束を破らせた」

「言ったでしょう？　俺にとっての優先順位はあなたが一番だって。それで、話したいことって何ですか？」

話したいことなどなかった。

単に荒井から彼を離したかったから呼んだだけだ。

「ここんとこ、鷺沼さんよく考え事してたでしょう。元気もないみたいだし、心配してたんです。何かあったのかなって」

「…別に何でもないよ」

「でも何かあったから、俺を呼んだんでしょう？　どんなに頼《たの》んでも、ここへは呼ばないってずっと言ってたのに」

「人を部屋に呼ぶのが苦手なだけだよ。お前だからってことじゃない」

それは本当だ。

「あんなに人付き合いがいいのに？」

「小学生の時、友達を家に呼んだことがあった。でもその時に、勝手に引きだしとか開けられてね。何かそれ以来自分のテリトリーに他人を入れるのが好きじゃなくなったんだ。何ていうか…、自分の部屋は自分だけのものにしておきたくて」

「俺はそんなことしませんよ」

「うん、だから呼んだ」

俺が笑うと、彼の笑みが消えた。

「千谷？」

「…引きだしは開けないけど、キスはしたくなるかも」

彼がこういうことを言うのはもういつもの事だった。

二人きりになると、まるで俺を洗脳するかのように『好き』とか『キスしたい』と繰《く》り返すのだ。そんなことしなくたって、もうとっくに俺は千谷で一杯なのに。

「キスしてもいいぞ」

「…え？」

「キスしたいんだろ？　いいよ」

「本当にしますよ？」

「うん」

千谷は戸惑《とまど》ったように唇《くちびる》を動かした。

何か言おうとしたのかも知れない。

けれど彼が言葉を発するより先に、俺の方から彼にキスを贈《おく》った。軽いものだったけれど。

「鷺沼さん…」

手を伸《の》ばすと、彼の胸に触《ふ》れられた。

近いなあ。

こんなに近くにいられるんだ、今は。

あとどれだけこの近さでいられるんだろう。

六年経《た》ったら、こいつも三十になる。きっとその前には結婚《けっこん》してしまうだろう。だとすると
それは自分にとって瞬《まばた》きの間のような短い時間だ。

「話すことなんて、ないんだ」

『好き』と言いさえしなければいい。

それだけ守ってれば、彼に触れてもいい。

だって俺達はセックスフレンドだもの、セックスしても友達のままなのだ。

「ただ人恋《ひとこい》しくて…」

俺は自分に言い訳をしながら、千谷にしなだれかかった。

「そういう時ってあるだろ？　お前、一人暮らしじゃないからわかんないか」

「俺も一人暮らしですよ」

腕《うで》が、そうっと伸びて俺の肩《かた》を抱《だ》く。

触れられた場所から体温が上がる気がした。

「そうか、知らなかった。お前、料理とか作れんのか？」

「パスタとか上手《うま》いですよ」

胸に頭を寄せると、彼の心臓の音が聞こえた。

俺が近づくと、少しは速まるだろうか。

俺と同じほど騒《さわ》ぐだろうか。

「鷺沼さん」

「何？」

「離れて」

「どうして？」

「今日は俺、ちゃんとあなたの話を聞こうと思って来たのに、そんなに接近されたら理性がもたないかも」

苦笑《くしょう》するその顔に胸が締《し》め付けられる。

礼儀《れいぎ》正しい千谷。

優《やさ》しい千谷。

「いいよ」

俺のこと、気遣《きづか》ってくれるんだな。

こんなに酷《ひど》い男なのに。

それならせめて、お前に優しくしてやりたい。

「人恋しいって言っただろ？」

「今日側《そば》にいてくれるなら、何でもしてやりたい感じ」

指が、髪《かみ》に触れる。

「そんなこと言わないでください」

焦《じ》れる気持ちを表すように、摘《つ》まんだ髪を指先だけで捩《ねじ》る。痛みはなく、軽く引っ張られたところがムズムズした。

「どうして？」

「…何でだかわからないけど、鷺沼さん弱ってるでしょう。俺はあなたが好きだから、あなたにその気がなくても抱いてるような男だから、あなたが弱ってて、傷ついてたら、そこに付け込んでしまうようなヤツなんですよ？」

「付け込む？」

クスッと笑いが零《こぼ》れる。

何を付け込むというのだろう。

して欲しいと思ってるのは俺なのに。

そうして自分からその下心を告白してしまうのが千谷らしい。

「いいよ。付け込んで優しくしてくれるならそれのが嬉《うれ》しい」

「鷺沼さん」

「挿《い》れんのはナシだけど、今日は口でしてやるよ」

俺はこの三ヵ月間、性行為《せいこうい》の中で彼に許していないことが幾《いく》つかあった。

一つは挿入《そうにゅう》。

彼を身体《からだ》で受け入れたら離れられなくなる。『好き』と言ってしまうのと同じくらい甘くて危険な行為《こうい》だから。

もう一つは、口でしてやること。

千谷が俺のを咥《くわ》えるのは許したが、俺はしなかった。恥《は》ずかしいというのもあったけれど、彼の前に跪《ひざまず》いて彼のモノを咥えると、屈服《くっぷく》してしまいそうだった。それに愛《いと》しそうにそれを口に含《ふく》んだら、気持ちを見透《みす》かされるのではないかと思ったからだ。

同じ理由で、俺からの深いキスもしなかった。

「抱いていいぞ」

身体を離《はな》し、床《ゆか》に手をついて彼を見上げる。

千谷の顔は怒《おこ》ったように俺を睨《にら》み、泣きだすように目尻《めじり》を下げ、子供のように不機嫌《ふきげん》を露《あらわ》にした。

彼の考えは手に取るようにわかる。

どうしてそんな自暴自棄《じぼうじき》なことを言うのかと怒り、それほど傷ついているのかと悲しくなり、それでも俺に手を出したい自分の欲望に不機嫌になっているのだ。

「千谷に慰《なぐさ》められるんなら、俺も嬉しい」

手を伸ばして、彼のシャツのボタンを外す。

身体を引きはしたが、千谷は俺の手を止めたりはしなかった。

筋肉のついた胸。

「鷺沼さん…」

下まで外して左右に開くと、腹筋の盛り上がった中に縦長の臍《へそ》が見えた。

社会人になったっていうのに、ヒップハンガーズのズボンを穿《は》くなんて、彼らしい。

「鷺沼さん」

更《さら》に手を下に移動してズボンのボタンも外し、ファスナーを下ろす。

中では下着を押し上げるように彼のモノが膨《ふく》らんでいた。

それを見ると口の中に、これから食事でもするかのように唾液《だえき》が溢《あふ》れて来る。やっぱり俺は卑《いや》しい男だな。

「動くなよ」

下着に指をかけて引き下ろすと、彼の逞《たくま》しいモノが現れた。

彼がどんなに心正しくても、そこだけは『男』だった。俺が顔を近づけるのに合わせるように、大きさを増してゆく。

蹲《うずくま》り、手をそれに添《そ》える。

呑《の》み込むように口に含むと、口の中で、それは硬《かた》さを増した。

「…鷺沼さん！」

今日の俺はおかしい。

だから今日はいつもと違《ちが》うことをしても、『今日だけのことだ』と言い逃《のが》れができる。

彼のモノはすぐに俺の口の中一杯《いっぱい》になるほど大きくなってしまったから、指で支えたまま一旦《いったん》口から離す。

先端《せんたん》だけを吸い上げて、舌を使う。

「…う」

彼の、切ない喘《あえ》ぎを聞いたのは初めてだった。

いつもは自分ばかりがどこかへ飛んで行ってしまうから、彼がどんな顔で自分を抱いているのかさえ、朧《おぼろ》げにしか覚えていられないのだ。

その顔が、見たかった。

でもこの行為をしている最中《さなか》に、彼と目を合わせることはしたくない。

顔が赤くなるような音が自分の口から零れる。

筋の立つ肉塊《にっかい》が角度を変える。

俺の拙《つたな》い愛撫《あいぶ》でも、少しは感じてくれている？

「…ん」

コレが自分のモノであると誇示《こじ》するように、俺は全《すべ》てを嘗《な》め尽《つ》くした。

彼は俺に指一本触《ふ》れていないのに、俺の方ももう痛むほど勃《た》ちあがっている。

「鷺沼さん」

突然《とつぜん》、彼は俺の顎《あご》の下に手を差し入れて、顔を上げさせた。

「…まいったな」

男の顔が笑う。

俺なんかよりももっとずっと大人な顔が切なく歪《ゆが》む。

凛々《りり》しい眉《まゆ》も、細まる目元も、苦笑を浮《う》かべる唇《くちびる》も、みんな、みんな俺を痺《しび》れさせる。

「もういいです」

「…ヘタだったか？」

「違います。俺が我慢《がまん》できないんです、してもらうだけじゃ」

「我慢しなくてもいいぞ」

抱《だ》いて。

「そんなふうに言わないで」

俺をムチャクチャにして。

「お前ができないなら、俺は誰《だれ》か別の人間を探すかもよ」

お前だけに、その権利がある。

お前だけに、そうして欲しい。

「鷺沼さん！」

「寂《さび》しいんだ」

「…ああ、もう！」

強い力が腕《うで》を掴《つか》み、強引《ごういん》に俺を押し倒《たお》す。

「あなたわかってないでしょう。俺がどんなにあなたを好きか。自分が今どれだけ色っぽい顔してるか。そんな顔で他《ほか》のヤツを探すなんて言わないで下さいよ！」

俺を見下ろす千谷の顔。

初めての時と一緒《いっしょ》だ。

逆光でよく顔が見えない。

「俺は色っぽくなんかないよ。可愛《かわい》げもないし」

「可愛いですよ」

「ばーか、男でも可愛いって言ったら、荒井みたいなのを言うんだろ」

「…こんな時に他のヤツの名前なんか出さないでください。…期待する」

最後の一言を呟《つぶや》いた後、彼は俺にキスをした。

舌で口の中を荒《あ》らしてゆくような、激しくて深いキスだった。

「ん…っ、ふ…」

応《こた》えてはいけないと思うのに、舌が絡《から》み付くから、二人で吸い合うように繋《つな》がってしまう。

手が服を捲《まく》り、胸を探《さぐ》る。

もう一方の手は、股間《こかん》へ下がった。

「俺の嘗めて感じたの？」

キスしながら囁《ささや》く声。

「鷺沼さんのも大きくなってる」

確認《かくにん》するように、手がソコを握《にぎ》る。

「あ…！」

快感が走り、身体《からだ》が跳《は》ねる。

「ホントに抱くよ？」

いつもより少し意地悪な声。

それがまた俺を恍惚《こうこつ》とさせる。

俺は千谷をもう後輩《こうはい》とは思っていない。男として好きなのだ。だから、彼が猛々《たけだけ》しくすればするほど嬉《うれ》しいだけなのだ。

「…ん」

彼は俺に横を向かせると、背後から身体を添わせてきた。

顔は見えなくなり、背中から伸《の》びた手だけで身体中を触《さわ》られる。

「あ…、や…」

彼に奉仕《ほうし》している間にも感じていた身体は、それだけで簡単に燃え上がる。

肩甲骨《けんこうこつ》に感じる唇。

身体をずらした彼が足の間にモノを差し込む。

「あ…」

「触って」

腰《こし》の両側からソコを握り、強く扱《しご》きながら千谷が囁いた。

「早く…」

言われるまま手を伸ばしたが、上手《うま》くソレを見つけることはできなかった。仕方なく自分から足を開いて身体を丸めると、彼の手がグイッと俺を引っ張ってソコへ導いた。

「ココです」

「…ん」

彼の手が俺を嬲《なぶ》り、俺の手が彼に奉仕する。

シンクロするように手は速まり、互《たが》いに自分の快楽を求めているのか、相手を高めているのかわからなくなってくる。

「ん…っ、ん…」

「鷺沼さん…」

「あ…っ、ん…。や…」

「もっと強くして」

声が、変わる。

「こ…う…？」

「そう、根元も」

耳元で囁く声のトーンが低くなる。

「足、閉じて。俺のを挟《はさ》んで」

「ん…」

立場が入れ替《か》わる。

「胸も触っていい？」

「うん……」

危険だ。

彼に従属させられてしまう。

俺に快感を与《あた》えるこの手が、離《はな》せなくなる。

気持ちよくて、嬉しくて、言いなりになってしまう。

「指だけ挿《い》れてもいい？」

「…少し…だけなら…」

これ以上はダメだと思っているのに、許可を与えてしまう。

「…あっ！」

ずくっ、という感じで、身体の中に異物が侵入《しんにゅう》した。

「あ、あ、あ…」

彼の指だ。

長い、千谷の指だ。

俺の髪《かみ》を撫《な》で、電話を取り、書類をめくり、キーボードを叩《たた》くあの指が、俺の中に入ってくる。

「や…、やっぱり…ダメ…」

「指だけじゃないですか」

「ダメ…だ」

「感じるから？」

それを認めることは負けることになるから答えはしなかった。

答える言葉を紡《つむ》ぐほどの気力もなかった。

「あ…、ん…」

自分の中の理屈《りくつ》も言い訳も消えてしまう。

彼に籠絡《ろうらく》されることが嬉しくて、腰が動く。

はしたないと思われるかも、彼に抱かれることが至福だと気づかれるかも、と思うのに止まらない。

「や…ぁ…」

開きっぱなしの唇《くちびる》から、声が溢《あふ》れる。

「ねえ、鷺沼さん」

朦朧《もうろう》とした意識の中で、彼が低い声で言った言葉が胸に刺《さ》さった。

「他の誰かにこんなことさせたら、俺はあなたを犯《おか》すかもしれない。あなたが思うほど、俺は紳士《しんし》じゃないから」

それは彼の意図に反して、自分にとってはこの上なく甘い言葉だったから、耐《た》えていた絶頂の波に攫《さら》われた。

「寂《さび》しい時は絶対に俺を誘《さそ》って」

歪《ゆが》んでいる。

素直《すなお》で優《やさ》しい彼を、純粋《じゅんすい》に好きなだけなのに、自分のせいでこの恋《こい》は歪んでしまった。

「あ…、ああ…っ！」

千谷の指を奥まで咥《くわ》え込んで、それを締《し》め付けながら、俺は快感に声を上げた。

浅ましく、いやらしく。

泣きたいほど純粋な悦《よろこ》びのために。


自己嫌悪《けんお》。

もし自分が自分でなく、もっと離れた場所から俺と千谷の関係を見ていたら、きっと眉《まゆ》をひそめただろう。

何て身勝手なヤツだと罵《ののし》っただろう。

相手を大切だとか言いながら、手を離さなければならない恋だとか言いながら、相手の気持ちに付け込んで全然手放そうとしない。

それどころか、相手の気持ちに応《こた》えてやりもしないで、身体だけで関係を繋《つな》いでいる。

なんて下賤《げせん》なヤツだ、と。

俺が悪い。

俺が悪い。

全部、俺が悪い。

彼に惚《ほ》れてしまったことも、彼を手放せないことも、全部俺が悪い。

ほんのちょっと勇気を出して、『もうこの関係は終わりにしよう』と言えばいいのにそれができない。

彼は怒《おこ》るかも知れない、残念がるかも知れない。

けれどそれはいつしか薄《うす》らいでゆく程度のものだ。彼がそれほど俺なんかに執着《しゅうちゃく》しているはずはないから。

激情がおさまり、元の先輩と後輩に戻《もど》れば平穏《へいおん》にやってゆけるはずだ。

彼が取引先の社長の息子《むすこ》だと告白しても、『驚《おどろ》いたな』の一言で済ませられるし。彼女ができて結婚《けっこん》すると言い出しても『おめでとう』と言える立場になれる。

親の会社に戻ると言われても、離れてもいい付き合いをしようと言えるようになるだろう。

でも俺が嫌《いや》なのだ。

そんな日が来るのが怖《こわ》くなっている。

自分がしなければならない事と、したい事の狭間《はざま》で、どうしたらいいのかわからなかった。

こんなことなら、最初の夜に拒《こば》むべきだった。

そんなことをするなと、彼をベッドから叩き出すべきだった。

過ぎたことはやり直せないけれど、そうするべきだった。

渇《かわ》いた喉《のど》は、一口だけでも水を流し込むと、より以上の渇きを覚えるものなのに。

千谷に思われて、俺はこの恋に欲が出ていた。もっと欲しい、と。

今の自分にできることはその渇きを、誰《だれ》にも悟《さと》らせないことだけ。

あんなに淫《みだ》らなことをして、千谷にいっぱい愛されても、会社に行けばいつもの顔を手にすることができる。

「新作のレインコートの売りは、ミニバッグとレインハットが共柄《ともがら》で付いてることだ。プリントデザインは海外ブランドのパテント」

真面目《まじめ》な顔で、硬《かた》い言葉で、彼に対峙《たいじ》する。

「サンプル見本はカタログの写真だけですか？」

「一種類だけ開けてもいい。どの柄にするかは千谷に任せてやろう。基本的には無地に近いものがベストだが」

「そうですね、写真では派手なものを推《お》して、現物はシンプルだといいと思います。その方が、派手なものも案外それほどじゃないんじゃないかと思ってくれますから」

オフィスの端《はし》、並べたデスクで朝の打ち合わせ。

「それと、朝イチでファックスが入った。うちのプリントを使ったルノアールの傘《かさ》、美術館へ卸《おろ》して欲しいそうだ。印象派の絵画展の売店で売りたいらしい。同系の商品が幾《いく》つかあっただろう、ついでだからあれも持って行こう」

資料を手に、向かい合って言葉を交《か》わす。

「倉庫に取りに行って来ます」

どこから見ても、俺達は仕事の先輩《せんぱい》と後輩にしか見えない。

そうなるように心掛《こころが》けている。

「デパートの催事《さいじ》で似たようなことがあれば、同じように売り込めるかもな」

ここのところ、千谷の声は少し低くなった。

「絵画展はいけると思います。それと…」

以前のような子供っぽさがどんどん消えてゆく。

「何だ？」

視線を上げて見た顔にも、幼さはない。

見惚《みと》れないように注意しなければならないほど、いい顔になっている。

「販売《はんばい》というより企画《きかく》なんですが、最近自分だけのものって増えてますよね？」

仕事をしている時は前もそうだったのだけれど、今はもうそれが普通《ふつう》の顔だ。

「自分だけのもの?」

「オーダーのバッグとか帽子《ぼうし》とかです。ああいうのみたいに、傘もオーダー品で受けてみたらどうでしょう」

社会人に言うのはおかしいかも知れないが、彼は自分の知らないところで大人の男になっていく。

「生地《きじ》や柄をチョイスできるのはもうやってる」

「そうじゃなくて、無地の傘に一部自分の好きな写真やイラストをプリントできるってヤツです。技術的にはそんなに難しくないと思うんですが…」

「それは営業の仕事じゃない」

ピシリ、と言うと彼は視線を落とした。

「…すいません」

けれど以前のように叱《しか》られた子供のようにではなく、もの憂《う》げな男の顔になるだけだ。

「だが悪い企画じゃないと思う。ダメもとでいいなら自分で企画書を書いてみろ、後で上に回してやる」

「はい」

この男が欲しい。

心も身体《からだ》も、全部欲しい。

本当に彼の恋人になりたい。

彼に『好き』と言ってしまいたい。

俺は全部知っている。覚悟《かくご》もしている。

それでも好きなのだ、お前の持ってるものを全部捨てさせてでも俺を選んで欲しい。

お前が飽《あ》きてしまうまででもいいから、俺をお前のものにして欲しい。

…言わないけど。

「さ、じゃあ倉庫行って来い。お前が品物持って来たら外行くから」

「はい」

席を立ち、去ってゆく時、彼は俺にチョコレートを差し出した。

「元気ないみたいだから」

完璧《かんぺき》に隠《かく》したつもりでも、俺の変化に気づいてくれているのだろうか。

「…ありがとう」

だとしたら嬉《うれ》しい。

一番隠さなければならない相手なのに。

「仕事場で菓子《かし》なんか食べてもいいんですか?」

「荒井」

「別に、あなただからあげたわけじゃないと思うな。それに鷺沼さんより千谷のが疲《つか》れてると思うけど」

　俺は背後から厭味《いやみ》を言う荒井のために、貰《もら》ったばかりのチョコレートを半分に折った。

　それは外国製のもので、厚くて折りにくかったけれど、それほど非力ではないから力を入れるとバキッと音をたてて二つに割れた。

「ほら、やるよ」

　俺がチョコを差し出すと、荒井は驚いた顔をした。

「どうして…」

「欲しかったんだろう？『チョコなら』やる」

　愛想《あいそ》も礼もなく、荒井は差し出したチョコを奪《うば》うように受け取る。

　今回は別に腹も立たなかった。もうこいつがこんなヤツだってわかってたし、たかがチョコレートのことだから。

「…甘い匂《にお》いだ」

　上手《うま》く割れなかったカケラを一つだけ口へ放《ほう》り込むと、塊《かたまり》は簡単に舌の上で融《と》ける。

　口一杯《いっぱい》に広がる甘味は、重たくて後に残った。

　チョコならやる。

　でも千谷はあげない。

　誰にもあげたくない。

ワガママになってゆく。

あいつが俺の言いなりで、惜《お》しみない愛情をくれるから、俺はワガママになってゆく。

そしてそれに気づく度《たび》に、俺は自分が嫌《きら》いになってゆく。

「立志」

口の中だけで小さく呟《つぶや》く彼の下の名前。

自分の声は鼓膜《こまく》ではなく、頭蓋骨《ずがいこつ》を震《ふる》わせて心に響《ひび》いた。

チョコのせいで渇いた喉に、朝、女の子が淹《い》れてくれた冷めたコーヒーを流し込む。

一口だけで、広がっていた甘味は苦い液体で拭《ぬぐ》われた。

その苦みが、酷《ひど》く悲しかった。


「美味《おい》しい店、見つけたんです。一緒《いっしょ》に食べに行きましょう」

と千谷に誘《さそ》われた時、俺は断らなかった。

最近では千谷の望みを拒絶《きょぜつ》することが難しい。

俺はもう彼にメロメロで、努力と忍耐《にんたい》はそれを表に出さないようにするために使い果たしていた。

「いいよ」

と言うと、彼が笑う。

その笑《え》みが、見たいのだ。

いつものように仕事を終えて、帰りに一軒《いっけん》立ち寄って、彼の車で向かったのは、和食のレストランだった。

「高そうだな」

俺は彼の財布《さいふ》の中身を知らないことになっている。

本当は、ゴールドカードとか、ブラックカードとか持ってるのかも知れないが、俺よりも給料の安い後輩だと思ってるフリをしなければならない。

「そんなに高くないんです。本当は昼間のがもっと安いんですけど、昼にここまで食べにはこれないから」

二人がいつも使うホテルも、彼がつく『知り合いのとこなんで安いんです』というウソを信じて、普通よりも安い金額の半分だけを払《はら》っている。

俺にとっては辛《つら》い出費だが、払わないでいることはできなかった。

彼に依存《いぞん》はしたくないから。

「予算はどれくらいだ？」

「七千円くらいですけど」

「サラリーマンには痛いな」

と笑うと、彼は少し困った顔をした。

気づかないフリをしていても、やっぱり彼は自分とは違《ちが》う世界の人間だなと思い知らされる顔だ。彼はそれがとても安いと思っていたのだろう。

「でもまあ美味《うま》けりゃいいか」

と言うと、やっとほっとした顔になる。

「さ、入って下さい。予約入れてるんです」

俺が『行かない』と言ったらどうするつもりだったのかは聞かなかった。

そんなの、こいつならキャンセル料を払うなり、別のヤツを誘えばいいだけのことだから。

店は席ごとに組み竹で仕切られていて、床《ゆか》は黒い大理石だった。

客層は女性が多いようで、入り口で待ってるところからは男性客はあまり見えなかった。

彼が『千谷です』と名前を告げると奥の一角に案内される。

テーブルは顔が映るほど磨《みが》かれた黒い塗《ぬ》りもの。

静かで、微《かす》かに琴《こと》の音が流れている。ただ旋律《せんりつ》は今時の曲のものだったけれど。

「コースでいいですか？」

「うん、任せる」

「奢《おご》る、って言ったら？」

「俺は年下には奢ってもらわない主義だって言ってるだろ」

「そうですけど、今日だけは」

「どうして」

「ここんとこ、鷺沼さん元気がないみたいだから」

「そんなことないさ。落ち着いた大人の雰囲気《ふんいき》と言え、大人の雰囲気と」

開いていたメニューを閉じてテーブルの上へ置くと、すぐに店の者が近づいて来た。躾《しつけ》のいい店だ。

「お決まりになりましたか？」

そう聞いて来た者と目が合う。

その途端《とたん》、お互《たが》いに相手を見て驚《おどろ》きの声を上げた。

「鷺沼センパイ」

「長谷川《はせがわ》」

オーダーを取りに来たのは、なんと大学時代の後輩《こうはい》、長谷川だった。

「お前、こんなところで働いてたのか」

よく覚えている。

「はい」

大学のサークルで、一番可愛《かわい》がっていたヤツだった。

真面目《まじめ》で、おとなしくて、とても接客業を選ぶタイプではなかったはずだ。

「サラリーマンになったんじゃなかったのか？」

「半年で辞《や》めたんです、父親が入院して」

「お父様が？」

「去年亡《な》くなったんですけど。それで新しく就職したんですよ」

「へえ…」

「先輩こそ、こんなとこで夕飯なんて豪勢《ごうせい》じゃないですか」

「うん、後輩が…。千谷、こいつ俺の大学サークルの後輩の長谷川。長谷川、こっちは仕事場の後輩で千谷だ」

紹介《しょうかい》すると、千谷は少し強《こわ》ばった顔で頭を下げた。

「サークル？」

「ああ、サッカーやってたんだよ。と言っても本格的なサッカー部とは別に、遊びみたいなもんだったけど」

「…鷺沼さん、サッカーなんかやってたんですか？　そんなこと一度も…」

「まあやってたってほどじゃないから。でもドリブルは上手かったよな？」

「そうですね。背は低いけど、脚力《きゃくりょく》はあるって言われてましたもんね」

「お前達がデカかったんだよ」

懐《なつ》かしい。

俺が恋《こい》を知らない頃《ころ》だ。

他人に向ける好意に、重みなど感じなかった頃だ。

「鷺沼さん」

「ん？　何だ、千谷」

「すいません、お楽しみのところ悪いんですが、俺、腹減っちゃってて」

千谷はすまなさそうにこちらを見た。

「ああ、そうか。そうだな」

「あ、すいません。つい懐かしくて。何になさいますか？」

「特選コースの花を二つ」

「かしこまりました。花二つですね」

さらさらとペンが走り、注文を書き記す。

「今日は特別に厨房《ちゅうぼう》にサービスするように言っときます」

「え？　いや、いいよ」

「いいんです。懐かしい人に会えて嬉《うれ》しかったから。あの、もしよかったら今の連絡先《れんらく》とか教えてくれますか？　ここ、仕事場なんで、あんまり話もできないから」

「ああいいぞ、ちょっと待ってろ」

俺は自分の名刺《めいし》を取り出すと、長谷川からペンを借りてその裏に携帯《けいたい》とマンションの電話番号を書いた。

「何時《いつ》かけて来てもいいぞ。何だったら、今度遊びに来い」

「はい。ではどうぞごゆっくり」

深く頭を下げて長谷川が去ってゆく。

彼がカウンターの向こうへ姿を消すと、千谷が不満そうな声を上げた。

「ここにしなけりゃよかったかな」

「どうして？」

「だって、俺が鷺沼さんのこと喜ばそうと思ってたのに、あいつにいいとこさらわれちゃったじゃないですか。鷺沼さん、あの男見てから急に笑顔全開になりましたよ」

「そりゃ、懐かしいからな。大学卒業以来だから、もう五年くらいかな。あいつ、人見知りが激しくてさ、最初のうち、俺としか喋《しゃべ》らなかったんだ」

「鷺沼さんだけ？」

「俺は学部が一緒《いっしょ》でさ、ノートとかコピーしてやってたんだよ」

思い出す。

友人達に無理やり引っ張られて俺のノートを借りに来た時のこと。

口ベタだった長谷川は、周囲を取り巻く友人達にこづかれるようにして、『こいつらが、知り合いの先輩がいるなら、ノートが欲しいって言うんですけど…』って、ポッポッ頼《たの》み込んで来たことを。

話してみると気さくなヤツなのだが、初対面の人間や目上の人が相手だと緊張《きんちょう》するらしく、最初の頃は目も合わせなかったっけ。

でも半年もすると、俺についてサークルの会計なんかもやってくれるようになったのだ。

「いいヤツでさ。弟みたいだったんだ」

「気に入ってたんですね」

「ん？　うん、そうかも。サークルの後輩の中じゃ一番仲がよかったな」

「妬《や》けるな」

「え…？」

急に千谷の声が下がる。

「俺の知らない鷺沼さんを知ってるヤツがいるなんて」

はっとして彼を見ると、真剣《しんけん》な眼差《まなざ》しは怒《おこ》っているかのように俺を見ていた。

「…何言ってるんだ」

だが次の瞬間《しゅんかん》には、ふっと力が抜《ぬ》けたようにいつもの顔に戻《もど》る。

「俺も鷺沼さんと同じ大学行きたかった」

本当に、妬いてくれたんだろうか。

それとも、言葉遊びのようなものだろうか。

「同じとこ行ったって、一年だけだろ、重なるの。三つも違《ちが》うんだから」

今は笑っているから、その真意はわからない。

「そこがネックですよね。どうして、俺はあなたと同じ年に生まれなかったんだろう」

妬いてくれたのなら嬉しい。

「ムチャ言うなよ。そしたら俺はお前の教育係になんかなってないぞ」

でもそれは望んではいけない。

「それは嫌《いや》ですね」

「それより、食事楽しみだな」

「美味《おい》しいですよ、太鼓判《たいこばん》です」

「うん、お前結構グルメだから、お前が言うならそうなんだろうな」

機嫌《きげん》をとるような言葉を口にすると、彼は笑顔《えがお》を見せた。

目だけはこちらを見つめたままで。

「鷺沼さん」

「うん？」

「俺、そのうちまた遊びに行ってもいい？」

ダメだ、と言うべきところだった。

自分こそが嫉妬《しっと》にかられてワガママを言って、彼を部屋へ呼んだけれど。あの日から長い夜が辛《つら》いのだ。

彼がここにいた、という記憶《きおく》の残像が心を落ち着かなくさせていた。

でももう俺は彼には逆らえなかったので、その望みを拒《こば》むことができなかった。

「いつ来てもいいよ」

もはや、彼に嫌《きら》われることさえも怖《こわ》いから、俺はそう答えた。

「合鍵《あいかぎ》は渡《わた》せないけどな」

少しでも、彼が自分の側《そば》にいてくれるように。


けれど、そんな努力も虚《むな》しいだけのことだった。

千谷は会社にとって特別な存在なのだ。

いつまでも平社員のまま、放《ほう》っておくはずのない人間だった。

その上、彼には才能もあった。

単なる七光りだけを背負《しょ》ったぬるい坊《ぼっ》ちゃんではなかったのだ。

「もう、いいだろう」

朝一番、部長から呼ばれた俺達は、そこでこう言い渡された。

「千谷も一人前だ。そろそろ鷺沼付きってことじゃなくても」

俺にはそれに異論を挟《はさ》む権利はなかった。

いや、挟んだところで、どうなるものでもないとわかっていた。

「千谷のこの間の企画《きかく》、通ったぞ。大変ユニークだということになってね。どうだ、千谷一人でやってみるか」

千谷は、無表情のまま部長の言葉を聞いていた。

「販売網《はんばいもう》の確立と、コスト計算。それと、企画に賛同してくれる店舗《てんぽ》の算出だ」

この間、彼が言っていた『傘《かさ》に自分の持参した写真をプリントする』という商品案が通ったのだ。

それは喜ぶべきことだった。

喜んでやらなければならないことだった。

「鷺沼も先を越《こ》されたかっこうになったな」

「そうですね。でも千谷は優秀《ゆうしゅう》ですから」

部長は彼の身分を知っている。

俺が知っていることも知っている。

それを俺に伝えた張本人なのだから。

だから、彼を取り立てても俺が文句を言わないということも納得《なっとく》済みってところだろう。

「…デスクは」

「ん？　何だ、千谷」

「デスクは移動ですか？」

「いや、それはせんでいいだろう。それともあそこだと不都合か？」

どうして千谷は笑わないんだろう。

「いいえ、今の席がいいんです。移動したくないんです」

怖いくらい、つまらなそうな顔をしているのだろう。

自分の企画が取り立てられて、嬉《うれ》しくはないのだろうか。

俺だったら、笑みが止まらないくらい嬉しいだろうに。

「もしよかったら、鷺沼さんにも手伝っていただきたいのですが」

「鷺沼に？」

「まだ若輩者《じゃくはいもの》ですから、一人では不備があると困りますし、彼と話をしていてできた案ですから、俺だけというのも」

「手柄《てがら》の独り占《じ》めはしたくないということか」

「…はい」

ウソだ。

確かに俺との会話中に出て来た言葉だが、俺は何の助言もしていないじゃないか。

「そうだな、先輩を差し置いてプロジェクトを持つのは心苦しいか」

「…そういうわけでは」

気を、遣《つか》われている？

彼は俺が『千谷は特別』ということを知らないと思っているから、自分が今まで教えて来た人間が先に行くのを羨《うらや》むと思ってる？

「残念ですが」

俺は二人の会話に口を挟んだ。

「俺はまだ自分の仕事がありますので。それに、千谷が抜けるんなら忙《いそが》しくなりますし」

そんなのは嫌だ。

「俺は抜けません」

「何言ってる。新しいプロジェクトなんて、片手間にできることじゃないんだぞ」

「自分の受けてる仕事を中途半端《ちゅうとはんぱ》で放り出して新しいことをするなんてできません。それじゃどっちも中途半端のままで終わることになります」

部長は驚《おどろ》いた顔で千谷を見ていた。

彼としては、千谷を喜ばせるつもりだったのだろう。

そのためにこの企画を通したのかも知れない。

成功しても、巨大《きょだい》なプロジェクトになるようなものではないから、やらせてみればいいだろうということになったのかも。

千谷はそっちに気づいてるんだろうか？　自分が特別扱《あつか》いされている、ということに。

「新しい仕事を受けるなら、鷺沼さんも一緒《いっしょ》がいいです」

「千谷、いい加減にしろ」

けれど上からの命令は会社においては絶対だ。それが己《おのれ》に対して多大な不利益を生まない限りは、黙《だま》って聞くのが当然のことなのだ。

「一人では仕事ができないなんて、情けないことを言うな。俺なら一人でも大丈夫《だいじょうぶ》だ。この関係のままずっといられるわけがないことぐらいわかってたことだろう」

ピリッと空気が震《ふる》える。

「転勤や転属の辞令が出ることだってある。その時は突然《とつぜん》だから自信がないなんて言ってられないんだぞ」

それは俺の悲しみだったのか。

自分の口にする言葉が、俺達の別の意味での『関係』のことを暗示しているようで、辛かったのかも知れない。

「まあまあ、鷺沼くん、そんなに言わなくても。誰《だれ》だって初めて一人でやる仕事は不安なもんだ。千谷くんの言い分もわかるよ」

「しかし部長」

「いいじゃないか、先輩として手伝ってやりたまえ。もし彼が抜《ぬ》けて困るようだったら誰か回せるようにしてやろう」

「…わかりました」

千谷が離《はな》れて行かないことにほっとしながらも、どこか釈然《しゃくぜん》としないまま引き下がるしかなかった。

彼に、同情はされたくない。

可哀想《かわいそう》、と思われたくない。

こんなことくらいで気遣われるなら、いつか『その時』が来た時もこんなふうに思われるかもしれないと思うと辛くなる。

「もう行っていいぞ。千谷は計画書を来週一杯《いっぱい》までに出すようにな」

「はい」

千谷がもっと喜ぶことを期待していたのだろう、表情の変わらなかった彼に部長は不満げな顔で命じた。

一礼して部長の元を離れ、デスクの間を縫《ぬ》って二人で席へ戻《もど》ると、俺は黙ったまま自分の椅《い》子《す》に腰《こし》を下ろした。

何も言わないでいると、彼の方から声をかけて来る。

「すいません、こんなことになるなんて…」

「何がだ」

やっぱり気を遣っていたのか。

「俺はまだ鷺沼さんと…」

「いいことじゃないか。自分が教えた人間が認められるなんて、俺も鼻が高いよ」

笑《え》みを浮《う》かべて振《ふ》り向くと、彼は目を細めた。

「一緒にはやってくれないんですか？」

ドキリとするほど冷たい目だ
だがそれに圧されることはできなかった。

「俺にだって仕事があると言っただろう？　困ったことがあれば手助けはしてやるが、そうでない限りは自分の力でやってみろ」

…これが、いい機会なのかも知れない。

欲望が大きくなり過ぎる前に。

歯止めが利《き》かなくなる前に。

「暫《しば》らくはこっちは手伝わなくてもいい」

「鷺沼さん？」

俺は千谷と距離《きょり》を取るべきだ。

「せっかくいい仕事を貰《もら》ったんだ、いい成果を上げられるように頑張《がんば》るんだぞ」

一緒にいれば引きずられる。

自分からは逃《に》げることはできない。

ならば少しずつ、少しずつ、距離を取っていくしかないだろう。そのうち自然消滅《しょうめつ》的に彼が自分を誘《さそ》わなくなるのを待ち、気持ちが消えてゆくのを待つのみだ。

それならば、できるかもしれない。

「俺に、近づくなって言うんですか？」

「そうは言ってないだろ。自分の仕事をしろと言ってるだけじゃないか」

「なら別にあなたの仕事を手伝ってもいいでしょう」

「片手間にされても迷惑《めいわく》だ」

「片手間だなんて、俺はどんな仕事も一生懸命《いっしょうけんめい》やってます」

「だったら、まず自分に課せられた仕事をやり遂《と》げろ。それが終わってから、こちらを手伝ってくれればいい。それだけの話だろう。それとも、自分だけが指名で仕事をもらったことに引け目を感じてるのか？」

「そんな…」

「だとしたら大きなお世話だ」

「そんなこと、思ってません。鷺沼さんは俺なんかよりずっと仕事のできる人です。俺は…、運がよかっただけです」

「仕事は運では決まらない。そんなふうに考えるのは止《よ》せ」

今、荒井が席を外してくれていてよかった。

こんなやり取りを聞かれたら、何を言われるか。

千谷に先を越《こ》されてヒスを起こしていると言われたかも。

「デスクを移動しろと言われたわけでもないし、二度と会えないわけでもない。文句を言うほどのことは何もないだろう」

自分は気になどしないが、千谷にそれが事実だと思われるのが嫌《いや》だ。

「わかりました…」

手が、逃げられないほど早く伸《の》びた手が、俺の手首を摑《つか》む。

「……!」

腕時計《うでどけい》の上から強く握《にぎ》られ、微《かす》かな痛みすら感じた。

「仕事はします。でも俺はあなたから離れません」

けれどそんな腕の痛みよりも、もっともっと胸が痛んだ。

挑《いど》むように強い眼差《まなざ》し。

間近にある千谷の顔。

射貫《いぬ》かれたように動きが止まる。

震え出さないように、ありったけの気力を使わなければならないほど、心が軋《きし》んだ。

「約束通り、面倒《めんどう》は起こしません」

もう我慢《がまん》できないと思った瞬間《しゅんかん》、手がするりと離れ自由になる。

強い眼差しも和《やわ》らいで、泣きそうな笑顔に変わった。

「だから逃げないでくださいね」

…逃げられるわけがない。

（逃げなくてはならないのだ）

こんなに好きなのに。

（こんなに好きだから）

「ば…ばかなこと言ってるんじゃない。さっさと自分の仕事しろ」

苦しい。

「計画書を書く前に、来週分の納品書まとめて書いておけ。それと、野島傘店《のじまかさてん》さんのところに電話して、届けは何時がいいか聞いておけ」

「はい」

苦しい。

彼の側《そば》にいるだけで苦しい。

全身から溢《あふ》れる欲望を、引き戻すことができない。

垂れ流す自分のエゴに呑《の》まれてしまいそうだ。

千谷が好き。

愛されることが至福。

そんなことができるわけがないのに、彼が愛してくれるなら、何がどうなってもかまわないとさえ思ってしまいそうだ。

たとえ、彼が不幸になって、傷ついても、自分を愛してくれればいいのにと、願ってしまいそうだ。

「ちょっとトイレに行ってくる」

泣きそうになって、俺は席を立った。

これ以上『嬉《うれ》しい』と『苦しい』の板挟《いたばさ》みに耐《た》えられなくなって。

彼の顔を見ないまま、その場から離れた。

今だけそんなことをしたって、何の意味もないことを知りながら。


昼休みに、携帯《けいたい》が鳴った。

ナンバーのディスプレイは知らない番号だったが、仕事かも知れないと思って出た。

『鷺沼先輩《せんぱい》ですか？　長谷川です』

　相手は、長谷川だった。

「長谷川、どうした」

　目の前には千谷と、同僚《どうりょう》がいた。

　食事の途中《とちゅう》だったし、社員食堂では迷惑になるかと思ったから立ち上がった。

『いつでもかけて来ていいって言ったから…』

　長谷川の声は元気がなく、少し長くなりそうだと思ったから、目で『悪いな』と彼等《かれら》に合図して廊下《ろうか》へ出た。

「別にかまわないぞ、今昼休みだし」

　それが、特別なことだとは思わなかった。

『先輩、今元気ですか？』

「何だよそれ、俺はいつでも元気だよ」

　笑うと、相手は沈黙《ちんもく》し、少し経《た》ってからまた口を開く。

『俺…、先輩に会いたいんです』

「長谷川？」

『もし嫌でなかったら、会って…話がしたいんです』

「いいけど…、どうしたんだ？」

声の様子は、この間店で会った長谷川とは違《ちが》っていた。

どちらかと言うと、学生時代の、人付き合いが苦手だった頃《ころ》の彼に似ている。何かを言いたいのに上手《うま》く言えなくて、もどかしさに自己嫌悪《けんお》を覚えているような、あの頃の彼に。

俺は元来世話焼きで、そんなあいつの様子が心配でなるべく声をかけるようにしてやっていたのだ。

『俺…、先輩しか相談できる人が思いつかなくて』

「相談？」

『あ、お金のことじゃないです』

「ばかだなぁ、金のことだって相談くらいには乗るよ。幾《いく》らでも貸してやると気軽には言えないけどな」

廊下の隅《すみ》、窓辺にもたれて会話を続ける。

ガラスの向こうには灰色のビルがあって、わずかな隙間《すきま》から青い空が見えていた。

『誰《だれ》に相談していいかわからなくて…』

「深刻なことか？」

『…はい』

「じゃ、電話じゃない方がいいな」

『嫌がらないんですか？』

「何？」

『…みんな、嫌がるから。重い話をするなって』

長谷川の声が耳元で震《ふる》えた。

何を相談したいのかわからないが、彼はそれでとても悩《なや》んでいるようだ。だとしたら余計に力になってやりたい。

彼は純粋《じゅんすい》に、自分の可愛《かわい》い後輩だったから。

もしかしたら、そうすることで、自分を少しでも『いい人間だ』と思い込みたかったのかも知れない。

「俺はいいよ。お前より年上で、頼《たよ》りがいのある先輩だからな」

自分勝手に好きな人を振《ふ》り回す男ではなく、困っている後輩に優《やさ》しくできる男なのだと。

『先輩…』

「今晩にでも会うか？　それともウチに来るか？」

『今、まだご実家ですか？』

「いや、今は一人暮らしだ。駅まで来てくれれば迎《むか》えに行ってやるよ」

『今日は仕事なんで…、明日なら休みです』

「じゃあ明日会おう。仕事が終わるのが定時ってわけじゃないからな…」

俺は自分のマンションから一番近い駅を教え、そこにある喫茶店で七時はどうだ、と聞いた。

『はい、必ず行きます』

「ん、じゃあ待ってるから。必ず来いよ」

『はい』

念を押したのは、何を抱《かか》えているかわからないが、彼がひどく臆病《おくびょう》になっていたからだった。

そう言わなければ、その重荷を持ったまま、迷惑《めいわく》はかけられないと逃《に》げてしまいそうだったからだった。

「電話、終わりましたか?」

突然《とつぜん》、背後から声がしてハッとして振り向く。

「千谷…?」

そこには、何時《いつ》から立っていたのか千谷がいた。

「何だよ、声くらいかけろよ」

「電話中でしたから」

「何か用か?」

「市川さん達が、食事のプレート片付けていいのか聞いて来いって言うもんですから」

「戻《もど》るよ、まだ途中だし」

千谷の手が、まるで招くように差し出される。

「じゃ、戻りましょう」
だが俺はその手を取らなかった。
空虚《くうきょ》で切ない眼差《まなざ》しに耐えられなかったから。
携帯をポケットへしまい、彼の手の横を黙《だま》って通り過ぎた。
「鷺沼さん」
と呼ばれても、振り向かなかった。
軋《きし》む、音がする。
歪《ゆが》んで、壊《こわ》れてゆく関係が、悲鳴を上げている気がする。
友達にもなれない、先輩後輩にもなれない。ましてや恋人《こいびと》にもなれない。
その中で、行き場をなくした熱情が暴れまわる。
俺はどうすればいいのか、と。
そして俺はその音が千谷の耳に届いていることを想像もしなかった。
彼が、俺なんかを真剣《しんけん》に好きなわけがないと思っていたから…。

その翌日は、朝からどこかがおかしかった。

何がどうとハッキリとは言えないのだが、オフィスの空気はどこかよそよそしく、落ち着きがないような気がしていた。

月末でもないし、大型の新商品が出たわけでもないし、何かトラブルがあったようでもない。

けれど何だかいつもと違うような気がした。

それが何であるのか、気づいたのは午後も遅《おそ》くになってからだった。

今日は、隣《となり》に座っているのに千谷が自分に声をかけて来ていなかったのだ。

無視されているわけじゃない、こちらが声をかければ返事はする。それもちゃんと笑顔《えがお》を浮《う》かべて応《こた》えてくれる。

けれど向こうから『鷺沼さん』と呼びかけてくれることはなかった。

たまたまだったのかも知れない。

声をかける用事を思いつかなかっただけかも知れない。

だがそれが心のどこかに寂《さび》しさを生んだのは事実だった。

そしてもう一つ。

「鷺沼、ちょっと」

先輩に呼び出されて聞かれたのは、例の一件のことだった。

「今、千谷が新しい企画《きかく》にかかってるって本当か?」

いつかは知れることだし、同じ部内の人間が知っていることに驚《おどろ》きはない。

けれどそれが良くとられるかと言うと、そうではないことは予測していた。

「大きいものじゃないですけどね」

「一人で？　お前はかかわってないんだろ？」

千谷の身分も知らず、彼に好意を抱《いだ》いているわけでもない人間からすれば、まだ新人の域を出ない彼が単独でプロジェクトを任されることは不愉快《ふゆかい》だろう。

それがわかっているから、俺はなにげないフリをした。

「その話はありましたが、俺は自分の仕事が忙《いそが》しいんで遠慮《えんりょ》させてもらったんです」

「でもおかしいと思わないか？　あんな若いのに単独で企画まかせるって」

「面白《おもしろ》い企画でしたよ。発案、千谷なんです。それに企画書は俺が書くように言って、俺が上に持ってったんです」

先輩《せんぱい》は少し複雑な顔をした。

彼にしてみれば、俺も格下。

そんなヤツが自分を飛び越《こ》して勝手なことを、と思っているのかも。

けれど彼は文句というような文句は付けなかった。

「特例だと思わないか？」

「さあ、どうでしょう。そうだとしたら、あいつが口火を切って、これから俺達も色々企画が出せるようになるきっかけになってくれたのかもって思うことにします」

「…鷺沼、お前」

「はい？」

俺をじっと見たけれど、その後の言葉は呑《の》み込んだようだった。

俺が、こんな何でもないことをどうして聞くんです？　という顔をしたからかも知れない。

「いや、お前は度量大きいな。俺なら自分の部下の手柄《てがら》は取り上げちゃうよ」

「またそんなことを」

「本当さ、よっぽど相手が特別じゃない限り、会社ってのは弱肉強食だからな」

真意は不明だが、『特別』という言葉に胸が痛んだ。

「あいつはバイトん時から面倒《めんどう》みてますから、特別と言えば特別かも」

もしも俺の気持ちを悟《さと》られるようなできごとがあるのなら、そんな理由でごまかしてしまおうと、俺は笑った。

「弟みたいなもんです」

本当は違《ちが》うのに。

「悪かったな、呼び出して。ああ、それと…」

「はい？」

「何かさ、変わったことがあったら俺にも教えてくれよ。千谷が取り立てられるなら、俺も一枚噛《か》みたいから」

「そんなことがあったら」

先輩はそれだけ言うと、そのまま社外へ出るからとエレベーターへ向かって行った。

弟…。

そんなふうに思えたら、もっと楽だっただろうな。

心配して、世話をやいて、一緒《いっしょ》に遊んで。

いつか旅立ちを笑って見送れるだろう。

給湯室へ行き、自分の分と千谷の分のコーヒーを淹《い》れ、それを彼の元へ運んでやる。

「真面目《まじめ》に働いてるから御褒美《ごほうび》」

と言うと、彼はとても嬉《うれ》しそうな顔で微笑《ほほえ》んだ。

「ありがとうございます」

それがどんなに俺を魅了《みりょう》するかも知らずに。


思った通り、仕事は定時より遅《おく》れてやっと終わりを告げたから、俺は駅前のファストフードで軽く食事をとると、そのまま真っすぐ駅に向かった。

ちゃんと来ていればいいんだけど、と思っていた長谷川は、長身の背中を丸め、待ち合わせの喫茶店《きっさてん》の隅《すみ》で居心地《いごこち》悪そうに俺を待っていた。

「ギリギリセーフだったか？」

と、笑って言うと、つられるようにその顔に笑みを浮かべる。

「すいません、呼び出したりして」

「いや、いいよ。俺も懐《なつ》かしかったし。何か最近、あの頃《ころ》はよかったなぁとか思うんだ、年寄りみたいだけど」

「俺も…、そう思います」

コーヒーをオーダーし、まずは彼が自分から口を開くのを待つ。

こういう時、急《せ》かすように何があったと聞くと、こいつは余計に口を噤《つぐ》むだろうから。

「俺…、実は結婚《けっこん》したい相手がいるんです」

長く続いた沈黙《ちんもく》の後、ポツリと漏《も》らした言葉。

それは深刻な話題というよりも、喜ばしい内容だった。

「よかったじゃないか、おめでとう」

素直《すなお》に出てくるその一言に、何故《なぜ》か後ろめたさを感じる。

それは、『長谷川ならこんなに簡単に言えるんだ』という思いだった。

「でも…、実は結婚していいかどうか迷ってて…」

「どうして？　何か不都合なことでもあるのか？」

長谷川はようやく顔を上げて、こちらを見た。

眉《まゆ》を八の字にして、今にも泣きそうな子供の顔だ。

「この間、父親が亡《な》くなったって言いましたよね？」

「ん？　ああ、大変だったな」

「長く患《わずら》ってて、そのせいで俺、仕事も辞《や》めたんです」

「うん」

「それに、看病の疲《つか》れで母親も倒《たお》れて…。彼女、母親の世話をしてくれてるヘルパーさんなんです」

「それはいいことじゃないか」

「そうでしょうか？」

彼は身を乗り出して聞いた。

「俺は、今のとこ勤めて、やっと親子で生活できるくらいしか稼《かせ》げないんです。親父《おやじ》の治療《ちりょう》費《ひ》で蓄《たくわ》えもなくなったから。そんな俺が彼女とやっていけるのかどうか…」

なるほど、それは手放しでめでたい話とは言い難《がた》いかも。

「彼女は何て言ってるんだ？」

「…自分も働くからいいって。母親の世話もしてくれるって」

「今時珍《めずら》しいくらい、いいお嬢《じょう》さんだな」

「だからです」

彼はまた視線を落とし、自分の前に置かれたコーヒーカップを凝視《ぎょうし》した。

カップの中の黒い液体に、何かを見ているかのように。

「今、彼女と結婚するのは、彼女にオフクロの世話をさせるためみたいな気がしてならないんです。あんなにいい娘《こ》なのに、俺みたいなのと一緒になって苦労させていいのかって。俺は彼女が好きだから、彼女に幸せになって欲しいんです」

彼の言葉に身体《からだ》が震《ふる》える。

「一緒にいたいって言うのは、俺のワガママです。彼女みたいにいい娘なら、きっともっといい男が、俺なんかより甲斐性《かいしょう》があって、彼女に楽をさせてくれる男が現れるでしょう。それに比べて、俺は金もないし、病気の母親の面倒はみさせるし、仕事を辞めさせてやることもできない。そんなの…」

何かが、自分の中で重なるような気がして。

「…相手のためにならないですよね？」

同じ言葉を、自分の身の内で聞いたような気がして。

「…自分なんかって、言うなよ」

「鷺沼さん…」

「お前、今までご両親のことで頑張《がんば》って来たんだろう？　だったら、お前にとっても心の支えは必要なんじゃないか？」

自分の発する言葉は、誰《だれ》に向けてのものなのだろう。

「俺には…、彼女は必要です。でもだからと言って、彼女に苦労を背負《しょ》わせるのは…」

「苦労と思ってないかも知れないぞ？」

「今は思ってなくとも、その内思うかも知れない。それに、相手方のご家族だって、きっと反対するでしょう？　何を好きこのんで病人を抱えた稼ぎの少ない男のところへって」

彼の言葉の陰《かげ》に、何を見てしまうのだろう。

「彼女の幸せを考えたら、俺は身を引いた方がいいのかもって、思うんです。でもそれを言おうとすると、自分が一人になるのが怖《こわ》くて別れを口にすることもできなくて…」

彼の幸せを考えたら身を引いた方がいいのかも、と思いながら自分が一人になることを考えると別れが口に出せない。

「俺…、どうしたらいいか…。久々に会った先輩《せんぱい》にこんなこと相談するの、おかしいってわかってるんです、でも他《ほか》に誰に言っていいかわからなくて。職場のヤツに相談しても、他人の将来なんかに責任持てないから自分には答えられないって…」

心細いと、誰かに頼《たよ》りたいと、項垂《うなだ》れている長谷川の姿が自分に被《かぶ》った。

誰に言ったらいいのか。

何を選んだらいいのか。

わからないと目を赤くしている彼が、子供のように思えた。

「鷺沼さんなら…、昔っから毅然《きぜん》としてたし、俺のこと可愛《かわい》がってくれたし、聞いてくれるだけでもいいから誰かに聞いて欲しくて…」

千谷といる時の緊張《きんちょう》と重圧が、自分を頼る後輩の前では解ける気がした。

彼は自分と似ている。

けれど、違《ちが》うこともある。

「俺も、他人の将来に責任は持てないな」

「先輩…」

「誰だって、自分のことは自分で決めなきゃならない」

落胆《らくたん》する肩《かた》が震える。

「でも、助言くらいはできると思うよ。ほら、涙拭《なみだふ》け、男のクセにみっともない」

パアッと輝《かがや》くように向けられた長谷川の瞳《ひとみ》に、俺は穏《おだ》やかな目を向けた。

「はい、すいません」

こいつは、可愛い弟分だ。

自分の代わりにというわけではないが、彼には幸せになって欲しい。そんな思いが湧《わ》き上がった。

「この間の店、俺はいい店だと思ったよ。あそこ、正社員で入ってるんだろう?」

「はい」

「だったら、前向きに考えろよ。確かに今は辛《つら》いかも知れない。でもお前には将来があるじゃないか」

　そうだ、彼は俺じゃない。

　彼の恋《こい》は俺のとは違う。

「真面目《まじめ》に勤めれば、給料だって上がるだろう。オフクロさんの病気だってよくなるかも知れない。そうなれば、十分に彼女を幸せにできるだろう？　悲観的に考えるな。人生ってのはな、案外なるようになるもんだ」

「先輩…」

　鼻を赤くする長谷川に、ポケットから取り出したハンカチを渡《わた》してやる。

　彼は何度も頭を下げながら、それで涙を拭いた。

「問題は、お前が彼女を幸せにするために頑張れるかどうかじゃないのか？　経済的に彼女を楽にするために、死にもの狂《ぐる》いで働く、親の世話もできるだけお前自信がする。彼女に負担をかけることが苦しいと思うことを、自分一人の胸に秘めて頑張るってのも努力の一つだ。すまない、すまないって思われる方が辛いこともあるから」

「でも…」

「彼女は苦労してもいいって言ってるんだろう？　彼女の人生に責任を持つのが怖くて投げ出

せば、お前は楽になるかも知れない。でもそれは、そこまで決意した彼女の気持ちを踏《ふ》み躙《にじ》る
ことにならないか？」
彼はハッとした顔で俺を見た。
「お前さ、俺のことが好きだろう？」
「はい」
「で、俺が困ってる時に助けようとして、俺が『迷惑《めいわく》になるからいいです』って断ったらほっ
とするか？　それともガッカリするか？」
「…ガッカリすると思います」
「俺のことはまだ『先輩として好き』だからガッカリで済むだろうけど、それがもっと大切な
人だったらどう思う？　もし彼女とお前の立場が反対で、彼女の負担を軽減してやりたい、幸
せにしてやりたいと思ってプロポーズしたのに、『苦労させるから』って断られたら？」
「…苦労しても、いいって言うと思います」
「じゃあもう俺が言うことなんてないだろ？」
肩を叩《たた》いてやると、彼はまたハンカチで顔を拭《ぬぐ》った。
「俺…、逃《に》げてたんですね…」
「そうじゃないだろう。相手を大切に思ってただけだ。でも、相手が『それでもいい』って言
ってる時は、甘えることだって必要だと思うぞ」

「…はい」

長谷川の恋には未来がある。

二人が頑張れば、普通《ふつう》に幸福な家庭が持てるだろう。

だったら、背中を押してやった方がいい。

どこまで行っても不毛な恋でしかない、俺達の恋愛《れんあい》とは違う。

こいつが頑張って、金を稼《かせ》げるようになれば、お母さんが健康になれば、相手の親も祝福してくれるようになるだろう。子供ができれば、周囲はみんなおめでとうと言ってくれるようになるだろう。

けれど自分の恋はどんなに頑張っても出口がない。

俺が働いて立派になったとしても、彼の家族は俺を許すことはないだろう。そして千谷はいつまでも苦しみ続けるのだ。

「後は自分で考えろよ?」

「はい」

会った時よりもずっといい顔で返事をする長谷川の頭を、俺は子供にするように撫《な》でてやった。

彼は少し恥《は》ずかしげに苦笑《くしょう》して、ハンカチは洗って返しますと頭を下げた。

「ところで長谷川、腹減ってないか? 俺、チコクしそうだったんでハンバーガー一個しか食べてないんだよ。よかったら奢《おご》るから、どっかでメシでも食おう」
俺は、こいつの前では『いい先輩』でいられる。
心の中のドロドロとした欲望を、忘れていられる。
それが少しだけありがたくて、彼を誘《さそ》った。
伝票を取って、払《はら》いますと言う彼を抑《おさ》えて会計を済ませ外へ出る。
近くにある行きつけの小料理屋へでも連れてってやろうと思って、一歩踏み出す。
その途端《とたん》、俺の中に再び醜《みにく》いエゴが溢《あふ》れ出した。
「偶然《ぐうぜん》ですね」
人の多い、ネオンの灯《とも》る商店街。
ごみごみとした生活臭《しゅう》のある風景。
「お友達と一緒《いっしょ》ですか？」
その中にあっても、俺の目を捉《とら》えて放《はな》さない男。
「この間会った方…ですか？　確か、長谷川さんでしたっけ」
呼吸が上手《うま》くできない。
顔が上手く作れない。
どうして彼がここにいるのだ。
なんで、千谷がここで笑っているんだ。

「先輩、俺やっぱりここで失礼します」

背後から長谷川が服の裾《すそ》を引っ張ってそう言った。

「長谷川」

「顔、見られたくないですから」

泣き腫《は》らした顔を隠《かく》すように他意なくはにかむ彼に、説明する言葉がみつからない。

説明するほどのことじゃない。

後輩《こうはい》と偶然会っただけのことだ。

ただ俺が勝手に、二人に対して後ろめたさを感じているだけだ。

「じゃ、失礼します」

止める間もなく、長谷川はそのまま駅へ向かって歩きだした。

「お邪魔《じゃま》でしたか？」

替《か》わって千谷が歩み寄る。

その彼を俺は睨《にら》みつけた。

そうしないと、どうにかなってしまいそうだったから。

「何か用でもあったのか」

咎《とが》める口調をするりと受け流す。

「鷺沼さんに？　いいえ、本当に偶然です。この先に友人がいるもので」

平然とした顔はウソではないようにも思えたし、仮面のようにも見えた。

「本当に？」

「いやだな、本当ですよ。だからもう、これで失礼します」

もう一度、疑いの言葉を向けることはできなかった。

そうすれば、自分のために彼が来てくれたことを望んでいたように思えて。

実際はそうなのかも知れないけれど、それを彼に知られるのが怖《こわ》かった。

自分が、もうどうにもならないくらい千谷を好きだと、気づかれたくはなかった。

「じゃあ、気を付けて行けよ」

俺の気持ちがバレて、彼がそこに付け込んで来たら、俺は言ってはいけない一言を言ってしまう。

俺は脆《もろ》い。

自分が考えていたよりも、ずっと脆い。

「はい、鷺沼さんも」

互《たが》いに視線を外し、すれ違《ちが》って歩きだす。

方向の定まらない人の流れ。

学生や、酔《よ》ったサラリーマンや、中年の女性達が家路を急ぐ。その横をギリギリにバスも走ってゆく。

街はうるさくて、彼が何か呟《つぶや》いたようにも思えたが、聞き取ることはできなかった。

たとえ聞こえていたとしても、振《ふ》り向けなかっただろう。

「…っ」

長谷川に自分のハンカチなど貸すんじゃなかった。

堪《こら》え切れない涙《なみだ》を一筋頰《ほお》に零《こぼ》しながら、そんな後悔《こうかい》をした。

みっともないと思うより先に、そうすればもっと泣けたのにと思いながら。


荒井との約束を破らせてウチへ呼んでから、俺は千谷と寝《ね》ていなかった。

自分でも距離《きょり》を置こうと思っていたのもあったし、千谷の新しい仕事のことや、そのせいで自分が忙《いそが》しくなってしまったこともあって、何となくそういうことから遠のいていた。

彼が誘ってくれなくては、自分から彼を誘うことはできない。

ほとんど毎週のように一緒だった時間が、日常から削《けず》られる。

会う度《たび》にセックスをしていたわけじゃない。

俺を和《なご》ませるかのように、千谷は色々なところへ『デート』と称《しょう》して誘ってくれていた。

レストランとか、バーとか、時には遊園地や、何かの公演や、動物園とか。

そういう優《やさ》しい時間もなくしてしまった。

それでも会社に来れば会えるのだから、特別に寂《さび》しいと思う必要はないのに、どこか気の抜《ぬ》けた感じがする。

彼が自分を呼ぶ回数が減ったのを感じると、物足りなくなる。

仕事でわからないところなどあると、声をかけてはくれた。

いつもの声で『鷺沼さん』と呼んでもくれる。

けれどその響《ひび》きの中に、以前と同じものがない。

甘えるように、愛《いと》おしむように響いていたものが、消えてしまった。

「すいません鷺沼さん、十二本ボネのヤツにピンクってありましたっけ?」

「濃《こ》いのならあるが、薄《うす》いのはないな」

「はい、ありがとうございます」

事務的な会話。

何にも発展しない会話。

だからと言って、彼が俺に冷たくなったというわけでもなかった。

千谷は相変わらず優しく、昼食も一緒にとる。

ただ、そこに一本の線が引かれたような気がする。

反対に、彼が荒井と会話しているのをよく見かけるようになった。俺と言葉を交《か》わしていた時間を、彼に充《あ》てたかのように。

「千谷、この間の映画のパンフ、やっぱり貸して」

「何だよ、見ないから買わないって言ってたじゃないか」

「うん、でもちょっと見たいところがあってさ」

「いいよ、じゃあ明日持って来るから」

「サンキュ」

媚《こ》びるような荒井の声が、『自分達は二人きりで映画を観に行ったのだ』と誇示《こじ》する。

俺に、というわけでもないのかも知れない。

ただ嬉《うれ》しくて、それを自慢《じまん》したいだけなのかも知れない。

けれど俺はそれに煽《あお》られている。

悔《くや》しいな、と思っている。

「千谷、納品書ないんだけど、余ってるか?」

そして子供のように、二人の会話の邪魔をする。

「あ、はい。ありますよ。幾《いく》つですか?」

「一つでいい」

「総務行ってもらって来ましょうか?」

「いや、後で自分で行く。今書く分だけあればいいんだ」

彼が荒井から離《はな》れて俺の方を向くと、ほっとする。

「はい、どうぞ」

長い指が自分に向けて差し出されると、その上に載《の》ってるものがたかが事務用品であっても切なくなる。

彼が大人になっていくのに反比例して、自分が子供になってゆく気がした。

彼がワガママを言わなくなった分、自分のワガママが増長する気がした。

表には出さなかったが。

「鷺沼さん、そろそろ食事に行きましょうか」

誘《さそ》ってもらいたいクセに、誘われると意地を張る。

「これが終わってから行く」

「じゃあ待ってます」

そんな俺を、彼は甘やかす。

「先に行ってもいいんだぞ」

「一人で食べるのは味気無いですから」

俺は、せっかく二人の間にできた距離を、心の中で詰《つ》めたがっている。

「荒井と行けばいいじゃないか」

と冷たい言葉を使って、なんとか彼を諦《あきら》めようとする。

「行け、と言うなら行きますけど。それなら命令して下さいよ」

なのに、彼にそう言われるとそれ以上強くは言えない。

黙《だま》ったまま仕事を続け、一息つくと、待っていた彼と共に立ち上がる。

そして当然のように食事に出掛《でか》けるのだ。

ただ二人きりになるような場所や、サラリーマンにとっては少し高かった店に行くことはなくなった。

もっぱら社員食堂ばかりだ。

それは俺を少しだけ安心させた。

そこには同僚《どうりょう》も多くいて、彼が何か俺を揺《ゆ》さぶるような言葉を口にする危険性がなかったから。

会話は、途切《とぎ》れがち。

話題は仕事のことばかり。

望んでいたことじゃないか。

彼が優しく、自分を遠ざけることなく、二人の間から恋愛《れんあい》感情だけが消えてゆくことは。

今がその状態だろう?

願いは叶《かな》ったではないか。

なのにどうしてこんなに泣きたいのだろう。

苦しくなるはずだったのに、どうして前以上に苦しいのだろう。

胸の中に鉛《なまり》を呑《の》んだように身体《からだ》が重たく感じるのだろう。

『泣きたいほど好き』という言葉の意味を、今知ったような気がする。

初めてその言葉を聞いた時、そんなことがあるのだろうかと思った。

俺も小さい頃《ころ》から何度か恋愛はした。

それこそ、幼稚園《ようちえん》の隣《となり》の組の女の子から、制服で手を繋《つな》ぐのがやっとの付き合いや、唇《くちびる》を重ねるものまで。

でもいつも俺にとって、『好き』でいる時は楽しいばかりだった。

それが片思いであっても、好きになれる相手がいることは嬉しく、その人を思うと楽しい気分になった。

泣きたい気持ちになるのは、いつも別れてからのことだ。

あんなに楽しかったのに、終わってしまったと嘆《なげ》くだけだった。

けれど千谷は違《ちが》う。

彼が『好き』と思うだけで胸が苦しくなってしまう。

どうしてこんなに好きなんだろう。

どうしてこんなに愛されたいのだろう。

こんなことは今までなかった。

千谷なんて、ちょっと顔とスタイルがいいだけで、絶対にどこにもいないというような人間じゃないはずなのに。

ただ、彼は他《ほか》の人よりも自分によく笑いかけてくれて、側《そば》にいてくれて、いなくなると寂しくて、側にいると安心できるだけの男だ。

俺を好きでいてくれて、俺を大切にしてくれて、俺の芝居《しばい》に簡単に騙《だま》されて自分の気持ちをセーブしながらも俺を嫌《きら》いにならないでいてくれる男なだけだ。

ただそれだけでしかない男なのに、好きで、好きでたまらない。

彼に『好き』と言えれば、彼が『何よりもあなたをとります』と言ってくれれば、どんなにか幸せだろうと想像するだけで胸がしめつけられる。

心の中が『千谷』で一杯《いっぱい》になって、溢《あふ》れ出しそうになって、泣きたくなってしまうのだ。

溢れる気持ちが、涙《なみだ》に繋がるのだ。

そして、『泣きたいほど彼が好き』と思い知らされる。

なのに、自分からはどうしても彼に手を伸《の》ばすことができなかった。

一度手に入れてから失うよりも、最初から手に入れられない方がまだいいのだ。恋《こい》が成就《じょうじゅ》してから別れることになったら、この苦しみよりももっと大きな苦しみがやってくるに決まっている。

きっと、自分はそれに耐《た》えられない。

最初の頃には『彼のためだ』と思って距離《きょり》をおいていた。

けれど認めよう。

もう今は『自分のために』俺は距離をとろうと努力している。

壊《こわ》れたくないから。

惨《みじ》めなほど縋《すが》りついて、行かないでと爪《つめ》を立て、彼に呆《あき》れられる日が怖《こわ》いから。

こんなに『好き』なのに、言葉がないのだ。

「鷺沼さん」

「何だ？　荒井」

「ちょっといいですか？」

「珍《めずら》しいな、俺に用事か」

木曜の午後、荒井に廊下《ろうか》で呼び止められた時も、俺の頭の中は千谷のことばかりだった。

さっき買い物を頼《たの》んだ彼が、早く戻《もど》って来ないかと思っていた。素っ気なくメモを渡《わた》して使い走りをさせたクセに。

「用っていうか、言いたいことがあるんですよね」

荒井が睫《まつげ》毛の多い丸い瞳《ひとみ》で俺を睨《にら》む。

「何だ」

「千谷のことです」

「…またか。お前が誰《だれ》を好きだろうと関係ない」

「あなた…」

背中を向けようとした俺に、荒井の言葉が降りかかる。

「…彼が本当に『エドリー』の社長の息子《むすこ》だって思ってないんですか？　折角教えてあげたのに」

目をやると、彼は『どうだ』と言わんばかりの顔で勝ち誇《ほこ》っていた。

それが何だというのだろう。

そんなもの、千谷自身には関係のないことではないか。それどころか、今の自分にとっては邪魔《じゃま》な事実でしかないのに。

「信じてないって顔ですね。それなら今度は御《ご》自分で調べてみればいい。『エドリー』の社長の名前でも何でも」

「だから？　それがどうかしたか？」

俺が驚《おどろ》かないのを知ると、彼はムッとした顔に変わった。

「鷺沼さんなんかが、こき使っていい相手じゃないって言ってるんです」

イライラと声のトーンを上げ、俺に近づいて来る。

「仕事をしているだけだ。こき使ってるわけじゃない。その違いもわからないのか」

「違い？　休みの時まで彼を引っ張り回して、俺が話してれば邪魔をして。あなたが彼を好きだってことに俺が気が付かないとでも思ってたんですか？」

「千谷は好きだよ、後輩《こうはい》としてね」

「ウソツキ」

「ウソはついていない」

こんなヤツに、自分をさらけ出すつもりはなかった。

「彼はすぐに自分の居場所に戻るんだ。どんなに彼を好きになっても、あなたにはどうにもならないんだから」

そんなことは知っている。

だがどうしてそれをお前に言われなければならない。

「それはお前にも言えることだろう、荒井」

「俺は彼と一緒《いっしょ》に行きます。俺の父も『エドリー』の重役だ。彼が戻る時には俺も一緒に戻ります。でもあなたは違う、ずっとここから動けないんだ」

子供っぽく可愛《かわい》いと思っていた彼の顔が、嫉妬《しっと》と優越《ゆうえつ》感で醜《みにく》く変わる。

何とか俺を追い落とそうと言葉を投げ付けて来る。

「あなたが彼と一緒にいたくても、彼をこき使おうとしても、千谷はいなくなるんだ」

何度も何度も自分に言い聞かせた言葉だった。

どんなに辛《つら》くても、起こってしまう事実だと認識《にんしき》させて来た言葉だった。

だから俺は平気な顔をした。

「それで？」

「あなたは千谷と別れるしかないんだ」

「だから？」

何も言わせない。

彼がどんなに千谷を好きでも。

どれほど長く彼を見つめていたとしても。

この気持ちは俺のもので、『誰にも』教えない。

突《つ》き付けられることが事実だとしても、それをねじ伏《ふ》せてみせる。

「千谷とは…、立場が…」

「だとしたらどうだと？」

睨んでいるつもりはないのだが、彼は勢いを衰《おとろ》えさせた。

「千谷に纏《まと》わり付いても、すぐに終わりが来るんだから…」

「纏わり付いた覚えはないな。仕事を言い渡すことはあっても」

「だって、あなた千谷が好きなんでしょう、だから日曜ごとに彼と会ってたんだ」

「誰が言った？」

口籠《くちご》もり、ポッと零《こぼ》す名前。

「…千谷」

それでは『そんなことはない』とは言えないか。

けれど動揺《どうよう》は見せなかった。

「確かに、千谷とはよく会うよ。だがそれは千谷が俺を誘《さそ》うからだ。俺から誘ったことは一度もない」

「ウソだ！」

「彼が俺を好きだというから付き合ってるだけだ。俺は彼を好きじゃない。可愛い後輩だとは思っているけれどね」

「…千谷があなたなんか好きになるわけがない」

「そうかもな。どっちにしろ、彼が俺を誘わなければそれまでの話だよ。そんなふうにありえないことでケンカをふっかけられるのは迷惑《めいわく》だ。他に話がなければもう行っていいか？　仕事があるんだ」

荒井は俺を睨んだまま何も言わなかった。

「お前も早く仕事に戻りなさい」

演じきった。

彼には自分の本当の気持ちは見抜《みぬ》かれなかった。

どれほど彼を好きだったかは、気づかれなかった。

少なくとも、もう確信を持って俺が千谷を好きだとは言って来ないだろう。

背筋を伸《の》ばし、顔を上げ、今の会話などなかったことのように廊下の角を曲がる。

そこから数歩進めば、オフィスの扉《とびら》だった。その中に入って、自分の席で千谷を待つつもりだった。

彼には、荒井に何か言われたと教える気もなかった。

なのに…。

目の前の泣きそうな笑顔《えがお》。

「ここにいたんですか?」

そぐわない明るい声。

「インスタントカメラのフィルム、買って来ましたよ」

胸が、潰《つぶ》れる。

「店舗《てんぽ》のディスプレイ写真、撮《と》りに行くんでしょう? 車、出しましょうか?」

聞いてないはずがない。

ここで、俺は以前同じようにしてお前と荒井の会話を立ち聞きした。

声が届かなかったはずはない。

「明日から暫《しばら》く雨だそうですから、その前に全部済ませてしまいましょうね」

なのにどうして、お前は笑っている。

俺がお前を『好きじゃない』と言ったのを聞いていたか？『ありえないことでケンカをふっかけられるのは迷惑だ』と答えたのを聞いていたか？

どこから？

どこから聞いていたんだ。

「行きましょう、鷺沼さん」

微笑《ほほえ》んで差し招く千谷の姿に、俺はなす術《すべ》がなかった。

頭が真っ白になって、何も考えられず、芝居《しばい》もできず、自分が一枚の紙になって、引き裂《さ》かれた思いだった。

「いい、一人で行く…」

最悪だった…。

嫌《きら》われた。

呆《あき》れられた。

悲しませた。

傷付けた。

あれほど自分を大切にしてくれた千谷を、自分の言葉がズタズタにした。

後悔《こうかい》しても後悔しきれない。

なんであそこで荒井の挑発《ちょうはつ》に乗ってしまったのだろう。

愚《おろ》かな自分に腹が立ち、涙《なみだ》が零れた。

彼の手を拒《こば》んで、一人車で会社を飛び出し、仕事もせずに泣いた。

いくら罵《ののし》っても、罵り足りないくらい自分を責めた。

まとまりたいとは願わなかったじゃないか。

恋《こい》を成就《じょうじゅ》させたいとは望まなかったじゃないか。

せめて、この気持ちを押し殺したままでいいから、彼と長く付き合いを続けたい、彼の側《そば》にいたいと祈《いの》っただけだ。

ささやかな願いだったはずだ。

それを自分の手で壊《こわ》してしまった。

この恋のことで、初めて俺は涙が涸《か》れるまで泣いた。

ずっと、ずっと、泣きたかったのに泣けなくて。涙が零れる時も唇《くちびる》を噛《か》み耐《た》え続けていたけれど、終《つい》に我慢《がまん》することができなかった。

失う。

そのことがこんなに怖《こわ》いなんて。

彼が自分を嫌いになるかも知れないということがこんなに怖いだなんて。

「ち…」

止めようと思っても、大粒《おおつぶ》の涙が流れてゆく。

「…や…ぁ」

ハンカチなんか、出すゆとりもなかった。

手の甲《こう》が赤くなるまで、幼児のように目を擦《こす》り続けた。

「千谷…」

『好き』と言わなかったのは、言わなければ彼を失わなくて済むと思っていたからだ。

だからどんなに辛《つら》くても我慢できた。

けれどもう失ってしまうのなら、我慢する必要もない。

「千谷…、千谷…」

誰《だれ》も聞いていない。

本人の耳にも届かない。

「好き」

人通りのない、住宅街の中のコインパーキング。

薄暗《うすぐら》くなる街の中で俺は叫《さけ》んだ。

「好きだ…!」

音にしてしまうと、悲しくて、虚《むな》しくて、また泣けた。

「好き、好き、好き…」

どうにもならなくて、頭がおかしくなりそうだった。

「その手が好き、その声が好き、その笑顔が好き…」

空っぽになってゆく。

心と身体《からだ》を満たしていたものが、涙と共に流れ出す。

「千谷が…好き…っ！」

終わりだと思っているのに、彼を忘れることができない。

まだ、どこかで何かを期待している。

貪欲《どんよく》で浅ましい自分。

「好き…」

それでも、これで終わりなのだ。

いくら彼が優《やさ》しくても、俺を好きでも、もうきっと同じ気持ちではいてもらえない。

好き。

でも嫌われた。

でもまだ好き。

けれどもうやり直せない。

これでよかったはずなのに、後悔ばかり。思考のループにはまってしまったかのように同じことをぐるぐると考えながら、俺は泣き続けた。

社に戻《もど》らぬ俺を心配して、当の千谷から携帯《けいたい》が鳴らされるまで、ずっと、ずっと…。

『鷺沼さん？　どうしたんです？』

残酷《ざんこく》な優しい声。

『今日は戻って来ないんですか？』

優しい、優しい、千谷。

「風邪《かぜ》ひいたみたいで、頭が痛いから…。今日はこのまま帰る」

『大丈夫《だいじょうぶ》ですか？　声、おかしいけど』

耳元で囁《ささや》かれる声に、身体が震《ふる》え出す。

「明日はちゃんと会社に行くから、車借りるって課長に言っといてくれ…」

『鷺沼さん、本当にだいじ…』

だからまだ続いていた言葉をプツリとボタン一つで切ってしまう。

繋《つな》がっていることが苦しくて、耐えられなかったから。

「…さようなら、千谷」

笑ってしまうことに、俺はそれでもまだ、彼が欲しくて…。

彼のことがとても好きだった…。

翌日、鏡で念入りに自分の顔をチェックして涙の跡《あと》のないことを確認《かくにん》してから出社した俺は、なけなしの気力を使っていつもと同じ自分を作り上げた。

会社の車に乗って帰ってしまったから、いつもと違《ちが》うルートで向かう会社。

車の中は孤独《こどく》で、今の気分には丁度良かった。

「おはよう」

と笑って言える自分が不思議だ。

「おはようございます。鷺沼さん、昨日は…」

千谷はもう出社していて、俺を見るとすぐに声をかけて来た。

「ああ、心配かけたな。早く帰って寝《ね》たらすっかり治ったよ」

「でも…」

「もう大丈夫だ。それより昨日、戻ってからやるはずだった仕事があるから」

彼の心配を、自分からピシリと撥《は》ねる。

「…そうですか」

以前なら、それでも食い下がって来たのだけれど、もう千谷はそれ以上何も言わなかった。

「具合が悪くなったら言ってくださいね」

と、こちらも見ずに呟《つぶや》いただけだった。

荒井もまだ疑わしげにこちらへ視線を送って来たが、もう何も言いはしない。

何かが一つ終わったな、という空気。

そのまま、週末の忙《いそが》しさの中に身を置いて、誰も取り立てて何かを語ろうとはしなかった。

心は虚《うつ》ろで、何も考えられないのに、不思議なほどの平静さを保っていられる。

昨日泣き尽《つ》くしたせいだろうか、もう悲しみを感じる心さえなかった。

ウチの会社は隔週《かくしゅう》の週休二日制で、今週は土曜も休みの週だ。

今日一日が終われば、月曜日まで心置きなく一人で痛手を癒《いや》せるという安心感があるせいかもしれない。

午前中は一人で外回りに出て、こちらも昨日行くはずだったお得意様の店舗《てんぽ》に参考用のディスプレイの写真を撮《と》りに行った。

昼食は戻らずにそのまま一人で食べ、午後遅《おそ》くになってから戻る。

時計を見るともう二時を回っていた。

あと四時間足らずで一人になれる。

もう少しの辛抱《しんぼう》だ。

そう思って上へあがるエレベーターを待っていると、同じく外から戻って来たらしい高松さんに声をかけられた。

「鷺沼」

先輩《せんぱい》でもあり、荒井の教育係でもある彼は、何故《なぜ》か俺を見るとひどく顔をしかめた。

「高松さんも今戻りですか？」

どうしたのだろうと思いながらも、いつもと同じ調子で声をかけたのだが、返事は遅《おく》れた。

「ああ、まあちょっと顔出しするところがあってな」

何かあったのだろうか。

体育会系の彼にしては歯切れが悪い。

「トラブルですか？」

おずおずと尋《たず》ねると、彼ははっとしたように表情を戻した。

「ああ、いや。仕事は順調さ」

「仕事はってことは何か悩《なや》みでも？」

言おうか言うまいかというように、彼の口が『へ』の字に曲がる。

「高松さん？」

「お前、知ってたか？　千谷のこと」

「千谷のこと？」

名前を聞いただけで、空っぽの心がビリッと痺《しび》れる。

「何のことです？」

「知らないのか？」

「だから何をです？」

高松さんは俺の腕《うで》を取ると、そのまま廊下《ろうか》の隅《すみ》まで引っ張って行った。

「高松さん？」

「ウチの契約《けいやく》先で『エドリー』ってブランドの会社があるだろう」

「…はい」

「あいつ、あそこの社長の息子《むすこ》らしいぞ」

どうしてそれを…！

誰《だれ》にも知られてはいけないことのはずなのに。

だが俺は驚《おどろ》きを隠《かく》して、重ねて聞いた。

「誰がそんなこと言い出したんです？」

荒井かと思った。高松さんは彼の教育係だったから。何かの拍子《ひょうし》に彼が口を滑《すべ》らせたのだと。

だが、高松さんが口にしたのは意外な人物だった。

「企画《きかく》の部長が漏《も》らしたらしい。部外なのにあいつの立てた企画が通っただろ？　それで部下に責められて、酔《よ》った勢いで喋《しゃべ》っちゃったらしいんだよ、『営業の千谷は取引先の息子だから企画を通してやった』って」

俺は気の弱そうな企画部の部長の顔を思い浮《う》かべた。

彼の正体は社内秘の筈《はず》だ。彼が話したことが公《おおやけ》になれば、きっと上からのお叱《しか》りを受けるに違いない。

だが同情はできない。

自業自得《じごうじとく》というヤツだ。自分のうかつさを反省するべきだろう。

「お前、千谷の面倒《めんどう》ずっとみてただろう？　知ってたんじゃないのか？」

一瞬《いっしゅん》だけ、俺は返事を悩んだ。ここで認めるべきかどうか。

けれど俺は知らないフリを決め込むことにした。千谷は、未《いま》だに俺がそれを知ってるとは思っていないだろうから。

「知らないですよ、所詮噂《しょせんうわさ》じゃないんですか？」

「そうか？　でももう社内中その噂でもちきりだぞ」

「そんなに流れてるんですか？」

これには素直《すなお》に驚いた。

「一週間くらい前から流れてたらしいが、その時にはまだ噂でな。女共に届いた途端《とたん》一気に広まってるみたいだ。何せ玉の輿《こし》だから連中は貪欲《どんよく》よ。企画部長から出た話だってのも女共が裏をとってきたみたいだぜ。もしこの話が本当で、騒《さわ》ぎが治まらなかったら、あいつ転属するかもな」

今日でよかった。

この話を聞いたのが、自分の心が空っぽになった後でよかった。

「言われてみれば、確かに品のよさそうなヤツだったからなぁ。もし本当だったら少しは俺達は取り立ててもらえるかね？　特にお前は可愛《かわい》がってたんだからいい目が見られるんじゃないのか？」

自分を傷付ける数々の言葉にも、笑《え》みを絶やさずにいられる。

「どうでしょう、コキ使いましたからねぇ。」

昨日だったら、あの出来事がある前だったら、きっともっと打ちのめされていただろう。

「なあ、本当に知らなかったのか？」

「高松さんなら俺に聞くより、荒井に聞いたらよかったのに。あいつ、千谷と学生時代からの付き合いでしょう」

「そうか、あいつそんなこと言ってたな」

「行っていいですか？　仕事があるんで」

「ああ、俺も行くよ」

荒井の名前を出したことで満足してくれたのか、高松さんはやっと俺を解放してくれた。

共にエレベーターに乗り、オフィスに戻《もど》る。

そのまま今度は荒井を呼び出して、彼はどこかへ出て行った。

思えば、この間他の先輩に呼び出された時も『特例だと思わないか』と聞かれたっけ。あれは、噂を聞いて確かめに来ていたのかも。

千谷は席を外していたが、その代わり何人かが高松さんと同じように噂を確かめに来た。

答える言葉は決まっている。

「俺も知らないな」

「上の人に聞いたらいいんじゃないのか？」

「噂だろう」

彼等《かれら》は俺の返事に満足はしなかったが、態度を変えずに繰《く》り返す俺からは何も聞けないと思ったのだろう、すぐにブツブツ言いながらも諦《あきら》めたようだった。

ほどなく千谷も戻って来たが、何をしていたのかと聞く気も起きない。

噂がそれほど広まっているなら、彼が上司に呼び出されて今後どうするかを話し合っていたに違いないから。

「鷺沼さん、今日、帰りに飲みに行きませんか？」

という誘《さそ》いも、今日は断った。

「体調を考えて止《や》めておくよ」

多分、彼の誘いを断ったのは初めてではないだろうか？

だが今日だけは、早く一人になりたかった。

それに、千谷だってそれどころじゃなくなるはずだ。

確証の取れないまま噂が広まることを、会社は歓迎《かんげい》しない。高松さんが言った通り秘密裏《ひみつり》に転属になるか、公表するかどちらかだろう。

どちらにしてもこの週末に対応が決定するはずだ。その席には彼も呼ばれることになるに違《ちが》いない。

そして思った通り、すぐに内線で呼び出しが掛《か》かった。

「ちょっと出て来ます」

電話を置いて、俺を振《ふ》り向く気配。

「ああ」

だが俺はパソコンのモニターから顔を上げない。

「遅《おそ》くなるかも知れないんですが、話したいことがあるんです。ちょっとだけ待っててくれませんか？」

「悪いな、本当に疲《つか》れてるんだ」

誘いではなく、頼《たの》みであるのに、それも断った。

顔を曇《くも》らせて、俺の様子を窺《うかが》いながら彼が部屋を出てゆく。

幕が引かれるようだ。

全《すべ》てが、自分の恋《こい》に終わりを告げるように進んでゆく。

よかったではないか、自分ではできなかったのだ。誰かにピリオドを打って貰《もら》えてありがたいと思わなくては。

千谷はそのまま戻って来なかった。

それもまたありがたいことだ。

彼の顔を見るのも辛《つら》いのだろう？　それならこれは幸運だと思わなくては。

また噂の続きをしようとする同僚《どうりよう》達を避《さ》け、一人早めに出てゆく街。

何も聞かない。

何も考えない。

この週末は空っぽになるための時間。

湿《しめ》った空気の気持ち悪さが、今の気分に似合っていて、早く空から雫《しずく》が落ちて来るといいと思った。

泣き果てた、涸《か》れてしまった自分の涙《なみだ》の代わりに。

今は空にでも泣いて欲しかった。


振り向くと、いつも彼が自分を見つめていた。

可愛いなあ、こんなに一生懸命《いっしょうけんめい》で、と思った。

彼が本当はこんな努力などしなくていい人間だと知っていたから、そのひたむきさには余計に好感を持った。

深く地中に根を張る植物のように。

地に染《し》みる水の流れのように。

彼が自分の心の中に入り込んでゆくことに気づかず、傍《かたわ》らにいることに安心しきっていた。

そしてあの日、目の前に立った男に捕《つか》まってしまったのだ。

好きと言ってもらって、抱《だ》いてもらって、俺がこんなに喜んだことを、彼は知らない。

もう知ることはない。

彼はきっと、俺を嫌《きら》っても、笑いかけてくれるだろう。

以前とは違う微笑《ほほえ》みではあっても、俺にそれをくれるだろう。

その優《やさ》しさを喜ぶべきか苦しむべきか、もう自分にはわからなかった。

彼の隣《となり》で、もう都合のいい夢を見ないでいられるかどうかも。

翌日。

俺はベッドの中で目覚めては眠《ねむ》り、眠っては目覚めながら鬱々《うつうつ》と昼近くまで起きようとはしなかった。

起きてもいいことがあるわけじゃない。

目を開けていると、この部屋で最後に抱かれた時のことを思い出して困る。やっぱり、ここではするべきじゃなかった。

そんなことを考えながら。

それならこの部屋から出て行けばいいじゃないかと思ったのは昼を回ってからだ。

雨の音は聞こえるが、どしゃぶりというほどでもない。

そう思い、やっとのことでもそもそと起き上がる。

冷蔵庫の残り物で作ったチャーハンを腹へ流し込んでからシャワーを浴びた。昨夜《ゆうべ》は少し多めに酒を飲んだのに、何も食べていなかったから。

どこか、遠いところへ行こう。

千谷とは行ったことのない場所へ。

できれば誰《だれ》か他《ほか》のヤツと行った場所がいい。そうすれば思い出すのはそいつのことだろうから。

買ったまま袖《そで》を通していなかったシャツに袖を通し、外側だけでも自分が幸福に見えるように装《よそお》う。

その最中《さなか》に、チャイムが鳴った。

「…千谷？」

来るはずなんてないのに、俺の頭の中に最初に浮《う》かんだのは彼の名前だった。

「…どなた？」

怯《おび》えながら尋《たず》ねる。

相手も少し臆《おく》した様子で俺を呼んだ。

「鷺沼先輩《せんぱい》…、俺です」

キリッ、と胃の辺りが痛む。

「長谷川です」

それが思い描《えが》いた人物とは違って安心したはずなのに。俺を呼ぶ呼び方が同じだったから。

カギを開け、チェーンを外し、開けるドア。

頼《たよ》り無さそうな、けれど前会った時よりもずっとすっきりとした顔をした後輩が、キチンとしたスーツに身を包んで立っている。

「すいません…、突然《とつぜん》」

彼はペコペコと頭を下げた。

「どっかでかける予定だったんですか？」

「いや、違うよ。よくここがわかったな、入れよ」

身体《からだ》をずらし、彼を招き入れる。

「この間教えていただいた住所を頼りに。これ、手土産《てみやげ》です。甘い物、お好きでしたよね？」

「ああ、好きだ」

彼は靴《くつ》を脱《ぬ》ぐ前にも頭を下げ、突然の来訪を詫《わ》びた。

「すぐに帰ります。ただ、先輩にだけは一番に報告したくて」

あの日千谷が座ったのと同じ場所に、長谷川が正座する。

「実は…、これから彼女の家に挨拶《あいさつ》に行くことになりまして…」

顔を赤くし、頭を掻《か》きながら、手に入れた幸福を口にした。

「先輩に言われて、自分で考えたんです。これから夫婦《ふうふ》になって長く暮らして行くつもりなら、全部自分で決めて答えを出すのはどうだろうって。もし別れるなら、自分の悩《なや》みも、女々《めめ》しいとこも、全部ちゃんと話してからのがいいんじゃないかって」

照れながら言葉を続ける長谷川に、俺は目を細めた。

こいつが幸せになればいい、と。

「結婚《けっこん》しないにしても、どうして結婚できないかを理解させないで別れるのは相手に失礼なんだって気が付きました。だから、彼女に言ったんです、正直に。俺は君を幸せにする自信がないって」

「そしたら？」

「はあ…。不幸になったら別れるからいいって…」

「え？」

「強い女なんですよ、あいつ」

彼はまた頭を掻いて笑った。

「俺の稼《かせ》ぎが少ないことも知ってるし、母親が病気なことも知ってる。知らないで嫁《とつ》いだら逃《に》げ出すけど、知ってて来るんだから関係ないって。俺が幸せにする自信がなくても、自分がこでも幸せになれる自信があるから安心してくださいって」

「…いい嫁《よめ》さんじゃないか」

「いや、まだ嫁じゃ…」

長谷川がいるから、俺は少し救われる。自分の手で一人だけでも幸福にできたと思えて。

「それに、元々幸せにして欲しくて好きだったんじゃなくて、この人自分がいなかったらどうなっちゃうんだろうって思ってたらしいです」

長谷川だって、ずっと俺の側《そば》にいた。

こいつだって、背も高いし、顔だって悪くない方だし、俺を慕《した》ってずっと付いて来ていた。

でも俺はこいつに恋愛《れんあい》感情を抱《いだ》いたことは一度もなかった。

千谷と似ているこいつが、俺の気持ちが『彼だけに向いていた』ことも教えてくれる。

「俺が頼りないとこがいいんだそうですよ、男としては複雑になっちゃいますよね？」

こいつのこともとても好きだけれど、おめでとうと言える。それでまだ自分が他人を祝福できる人間なのだとほっとする。

「それ、ノロケか？」

「いや、そういうわけじゃないです。ただ、このままでもいいって言ってもらってほっとしたって言うか、頑張《がんば》り甲斐《がい》がないって言うか…」

「何言ってるんだ、このままでいいからってこれ以上幸せにしなくていいってことはないんだぞ。頑張って、できるだけ幸せにしてやれ」

「はい」

「ああ、お茶もまだだったな。すぐに…」

「あ、いいんです」

立ち上がりかけた俺の服を引っ張って、彼はそれを止めた。

「もう行きますから。ただ、先輩にだけ、俺も踏《ふ》ん切りがつきましたって報告したくて。…それと、絶対に結婚式には出て下さいって言おうと思って…」

「もちろんさ。決まったのか？」

「いえ、まだこれからですけど。親御《おやご》さん達の反応も怖《こわ》いですし。でも、勇気が出ました。もしお前のようなヤツに娘《むすめ》はやれんって言われても、何度でも頭を下げる覚悟《かくご》もできました。前は拒絶《きょぜつ》されるのが怖くて、そんなこと言えなかったんですけど、今は江利子《えりこ》が…、あ、その…、彼女がいてくれるんで」

「長谷川江利子か、いい名前じゃないか」

「先輩！」

からかうと、彼は顔を真っ赤にした。

自分よりデカイ男なのに、それが可愛《かわい》くて微笑んでしまう。

「じゃ、行きます」

「うん、頑張って来い」

立ち上がる彼と共に、見送るために自分も立ち上がる。

玄関先《げんかんさき》、長谷川は腕時計《うでどけい》を見ながら靴を履《は》き、ドアを開けたところで振《ふ》り向いた。

「ん？　どうした」

忘れ物でもあるのかと思った。右足を踏み出したままの中途半端《ちゅうとはんぱ》な格好で止まったから。

だがそうではなかった。

「鷺沼先輩」

…なんでかな、男ってのはみんなこんな時があるんだろうか。

自分が気づかなくても、自分にもこんな瞬間《しゅんかん》があったのだろうか。

「俺の幸せは、あなたがくれたんだ。あなたは学生時代と全然変わってなかった。やっぱり優《やさ》しくて、毅然《きぜん》として、奇麗《きれい》で…。俺、あの時先輩に会えてよかったです」

たった今まで、照れて顔を染めていた長谷川の凛々《りり》しい顔。

真っすぐに見る眼差《まなざ》しは強く、彼もまた可愛い後輩の顔から驚《おどろ》くほど大人の『男』の顔になる。

千谷の時のように見惚《みと》れるということはなかったが、とてもいい顔だった。

「長谷川…」

「また来ます」

そう言うと、彼は俺をぎゅっと抱き締《だし》めた後、ぺこりと頭を下げ、そのまま逃げるようにエレベーターの方へ向かって走って行った。

主人の元へ帰れるのが嬉《うれ》しいワンコのように。いや、きっとその彼女が彼の首根っこをしっかりと押さえた『主人』なのだろう。

エレベーターホールへ曲がる角まで来ると、こちらをむいてまた手を振ったから、こっちも手を振ってやる。

彼の姿が消えても、俺はそこに立ったまま幸福感を分け与《あた》えてくれた後輩の成功を祈《いの》った。

久々に、穏《おだ》やかに笑えた。

このいい気分のまま、自分もそろそろ出掛《でか》けよう。

財布《さいふ》と傘《かさ》を持つために一旦《いったん》部屋へ入ろうと後ろ手にドアのノブを引く。

けれど、ドアは何かに引っ掛かったように動かなかった。

「あれ？」

どうしたのかと、肩越《かたご》しに振り返る。

「あ…」

目に飛び込む扉《とびら》に掛かる指。

「次は、あの男なんですか？」

その指の上から見下ろす半分だけの顔。

「本当に、誰《だれ》でもよかったんですね」

低い声。

「酷《ひど》いなあ」

冷たい目。

色の抜《ぬ》けた唇《くちびる》。

「千谷…」

そこには、月曜までそっとしておいてくれるはずの俺の痛みが、ぱっくりと傷口を広げて立っていた…。

どうして彼がここにいるのかと考えるよりも、恐怖《きょうふ》が先に立つ。

怖《こわ》がる理由もわからずに。

「…あ」

両手でドアノブを引っ張り、部屋へ逃げようとした。

唐突《とうとつ》な出現に、心を立て直す時間が欲しかった。芝居《しばい》をするためには、一度ドアという幕を閉めなければならないと思ったから。

けれど千谷は俺の肩を摑《つか》むと、押しやるように一緒《いっしょ》に部屋へ入って来て、冷たい顔のままドアを閉めた。

彼の背後でカギの掛かる音がする。

「元気ですね」

目だけが笑っていない笑顔《えがお》で、彼が近づく。

「何でここに…」

「あなたがいつでも来ていいって言ってくれたんじゃないですか。だから見舞《みま》いに来たんです、風邪《かぜ》が酷くなってないといいなと思って。お見舞いも持って来たんです」

千谷は手に提《さ》げた紙袋《かみぶくろ》を掲《かか》げて見せた。

だが俺の目の前でそれを床《ゆか》へと落とす。

「でも必要なかったみたいですね」

彼の視線はキッチンのテーブルの上に置かれたままになっている長谷川の手土産《てみやげ》を見ていた。

まるでそれに負けたと思っているように。

「俺は…、あなたが少しであっても、俺のことを好きだから抱かせるのを許してくれてるんだと思ってました。それが都合のいい解釈《かいしゃく》であっても、そう思えばあの時間がとても幸福だったから」

冷めた視線。

「誰でもいいんじゃなくて、たとえ特別ではなかったとしても、ベッドを共にしているのは『俺だからだ』と思ってました」

淡々《たんたん》とした口調。

「あなたに四六時中付きまとって、あなたに他《ほか》の誰かと時間を過ごすような暇《ひま》を与えず独占《どくせん》して、あなたが俺以外の人間とベッドインしていないのを確かめていたから。それでも不満なく俺の誘《さそ》いに乗ってくれていたから」

責めているのでも、嘆《なげ》いているのでもない響《ひび》き。

「でも違《ちが》ったんですね」

「千谷…」

「俺だけが特別なわけじゃなかった」

俺は目の前にいるのに、遠くにいる者を見るように細められた目。

「誰でも…よかったんでしょう?」

靴《くつ》を脱《ぬ》いで、近づいて来る。

手が差し伸《の》べられ、俺に触《ふ》れようとする。

俺はまだ怖くて、彼が近づいた分後じさった。

「誰でも求めれば流される。ただ一番に名乗りを上げたのが俺だから、俺に応《こた》えただけだった。そうなんでしょう？」

同じ距離《きょり》を保ったまま、見えない力に押されるようにじりじりと後退する。

目は、離《はな》せなかった。

彼を見つめたまま、テーブルや食器棚《だな》に身体《からだ》を打ち付けながらキッチンを抜けてしまう。

「したんですか？」

千谷は手を下ろさず、顎《あご》だけでベッドを示した。

チラッと見たベッドは、寝汚《いぎたな》くもぞもぞとしていた後を残して少し乱れている。

それは長谷川の来訪が突然だったので、直していなかっただけのことだった。けれど彼がそう思っていないのはわかる。

「好きでもない、特別でもない俺とも寝《ね》たんですから、あの男ともするんでしょう？」

いつからあそこに立っていたのかは知らないが、彼はドアの向こう側にいた。長谷川の感謝の言葉と抱擁《ほうよう》を、見ることはできたはずだ。

だから彼は、俺と長谷川のことを誤解しているのだ。そんな事実は微塵《みじん》もないのに。

「望めば、誰にでも差し出すんですか？　それなら俺は誰よりも強く望んでる。あんな男より、もっと、もっと、あなたを望んでる」

「千谷……」

目に、激しい色が灯《とも》る。

「あ……！」

距離を保っていた手が素早《すばや》く伸びて俺の腕《うで》を摑む。

「止《よ》せ……っ！」

引き回すように身体が振《ふ》られ、そのままベッドの上へ押し倒《たお》される。

身体を起こす間もなく、上から彼に乗られ、強い力で両肩を押し付けられる。

「他の誰かに抱かれたら、俺はあなたを犯《おか》すかもしれないって、ちゃんと言っておきましたよね？　あなたが思うほど、俺は紳士《しんし》じゃないとも」

身動きができなかった。

力もそうだが、射貫《いぬ》くようなその瞳《ひとみ》を見てしまったら、指一本動かせなかった。

「誰にでもあげるなら俺に下さい。誰でもいいなら、俺を選んで」

押し付けられる唇。

それすらも俺を押さえ付けるために行われるようなキス。

唇を割って入って来る舌が、メチャメチャに俺をかき回す。

「…ん」

鼻先がこすれ合い、舌が嚙《か》み千切られるように吸われる。

息が止まるほど、長い口づけをされた。

激しくて、唇が切れるかと思った。

けれどそれが彼の思いの強さを表しているのなら、もっと激しくてもいいと、一瞬《いっしゅん》だけ思ってしまった。

「好きです…」

痛い。

「…鷺沼さんが」

摑まれた肩でも、貪《むさぼ》られた唇でもなく、胸が悲鳴を上げる。

「本気なんです。ずっと好きなんです」

逃《に》げられない。

こんなにも、彼に捕《つか》まりたがってる自分が、彼から逃《のが》れることなんてできない。

「誰にも渡《わた》さない」

荒井との会話を聞かれて、今度こそ彼の方から自分を嫌《きら》ってしまうだろうと思った。

もう二度と、求められることはないだろうと思った。

だから涙《なみだ》を流したのだ。だから声にして『好き』と、一人叫《さけ》んだのだ。

それなのにまだ、彼は俺を『好きだ』と言ってくれる。

それが嬉《うれ》しい。

「好きなんです…！」

いつも、ゆっくりと一つずつボタンを外してくれた手が、荒々《あらあら》しく新しいシャツを引き裂《さ》く。

ボタンが弾《はじ》け飛び、襟《えり》で首を痛める。

左右にはだけさせられた胸に、彼の唇《くちびる》が降り、痛みと共に小さな痕《あと》を残して移動する。

肩《かた》にあった手は下へ伸び、もどかしそうにズボンのファスナーを開け、下着の中からソレだけを取り出した。

握《にぎ》られて、刺激《しげき》を与《あた》えられて、息が上がる。

点々と痕を残した唇がそこに触れる。

熱い舌が絡《から》み付き、まだ勃《た》ち上がっていなかった箇所《かしょ》を含《ふく》んだ。

熱い。

全身の熱が上がる。

求められて悦《よろこ》ぶ身体の中で、まだ葛藤《かっとう》する気持ちはあった。

彼を手放してやれという理性もあった。

千谷のためを思うなら、彼を突《つ》き飛ばして、罵倒《ばとう》して、もう二度と自分に触れるなと言うべきだ。それで彼が自分から離れてゆけば、次にはちゃんとした結婚《けっこん》を目指してくれるだろう。

誰《だれ》かの夫になり、子供の父になり、輝《かがや》かしい未来を手にするだろう。

だが快感が身体を浸《ひた》すからではなく、ここに彼がいることが嬉しいから、その声が遠のいてゆく。

今だけでもいい。

その時が来て捨てられても、もういい。

今以上に傷付く日が来てもいい。

千谷から離れたくない。

自分だって、彼が『好き』なのだ。

自分のために用意されている未来を捨てても、彼の側《そば》にいたい。

とても、とても、彼が『好き』なのだ。

「…っ」

仰向《あおむ》けに倒された格好のまま動かず見つめていた天井《てんじょう》が揺《ゆ》らぐ。

「…ふ…っ」

涙で視界がぼやける。

認めてしまえば、それだけが真実だった。

どんなに奇麗事《きれいごと》を並べても、自分は彼が『好き』なのだということだけが。

彼を辛《つら》い目に遭《あ》わせたくないことも、素晴らしい未来をあげたいと思うのも、『好き』と言われて嬉しいのも、触れられるだけで身体が震《ふる》えるのも、離れる時を思って涙を流すのも、みんな、みんな、彼が『好き』だからなのだ。

「鷺沼さん…？」

千谷が、俺の声を聞いて身体を離した。

上からのぞき込む心配そうな顔が、苦しそうに歪《ゆが》む。

「ち…や…」

認めるから、離れないで。

俺を嫌いになる最後の瞬間まで、側にいて。

「…すいません」

やっとそう思えたのに、泣くのを堪《こら》えて言葉を失っている間に、彼はベッドを降りた。

「ごめんなさいっ！」

ベッドの脇《わき》で、床《ゆか》に手を付き土下座する。

「千谷…」

「こんなことしていいはずないのに。こんなことがしたくてあなたのことを好きになったんじゃないのに！」

髪《かみ》を掻《か》き毟《むし》って、頭を抱《かか》え苦悩《くのう》の叫びを上げる。

「大切にしたくて、大事にしてあげたくて、ずっと我慢《がまん》していたのに…！」

俺の涙を、自分の行為《こうい》に傷付いたせいだと誤解して、自責の念に押し潰《つぶ》されてしまう。

「千谷…」

慌《あわ》てて身体を起こし、彼の髪に触《ふ》れると、千谷はビクンと跳《は》ね退《の》いた。

顔を上げてこちらを見る彼の目も、泣いているように見えた。

自分が…、傷付けてしまった。

「千谷、いいから…」

どう言えばいい？

違《ちが》うのだ、これはお前を責めて泣いているのじゃない。

お前のしたことは、俺にとって嫌《いや》なことだったわけじゃない。

「…あなたが、俺から離《はな》れてゆくのが怖《こわ》かったんです」

泣き笑いの切ない表情。

「いつも、いつも怖かった」

初めて聞く彼の心。

「あなたが荒井の名を出して可愛《かわい》いと言えば、自分が単なる後輩《こうはい》としてあいつと並べられることを恐《おそ》れ、自分の知らない話題で学校の後輩と笑い交《か》わせば、自分よりもそいつの方があなたの側にいる気がして嫉妬《しっと》した」

いつも真っすぐに俺を見つめ、穏《おだ》やかに笑っていた顔の下にあった彼の激情。

「あなたが俺を年下としてしか見てないのはわかってました。ずっと弟のように優《やさ》しくしてくれてるんだと知ってました。だから我慢してた。アルバイトの学生から、あなたと同じ社会人になれば対等になれるかと夢を見て」

声は、だんだんとトーンを落とし、いつもの彼の声になってゆく。

「同じようにスーツに身を包んで、自分を『男』として見てもらえるようになったら告白しようと思ってたんです。でもやっぱりあなたにとって自分が単なる後輩でしかなくて…。それならせめて『いい後輩』でいて、あなたの一番側《そば》にいてチャンスを待とうと思ってたんです」

言葉とは裏腹に、零《こぼ》れる前に涙が乾《かわ》き、笑顔《えがお》に変わる。

俺を、ずっと見つめていた穏やかな笑顔に。

今までもそうだったのだというように、感情が微笑《ほほえ》みに吸い込まれてゆく。

「『好き』と言えて、遊びであってもあなたの肌《はだ》に触れることができて、それで満足できるはずだった。…いや、それはウソだな。一度でも手を出してしまえば欲望には果てがないことはわかってたんです。俺はあなたが思ってるよりずっと汚《きたな》い男で、『いい子』でいればいつかあなたが騙《だま》されてくれるだろうと、おとなしくしてただけです。ホテルで告白した時も、俺はあなたの優しさに付け込んでいた。『本当』だとか、『本気』だとか、『真剣《しんけん》』だと口にすれば、あなたは笑い飛ばさないことを知っていた。酔っ払《ぱら》いに優しいことも計算していた。力ずくで抱《だ》くよりも、泣き落としの方が成功するだろうとも思ってた」

謎《なぞ》を解くように語る過ぎた時間。

俺が胸に秘めていたことが山ほどあるように、彼の中にもそれがあったのか。

「本当は、『俺を好きになれ』と言いたかったのに。それをずっと『あなたの思う通りに』と置き換《か》えていただけだった」

千谷は深呼吸を一つすると、今度こそ完璧《かんぺき》な『いつもの千谷』になった。

「ここのところ、鷺沼さんが自分と距離《きょり》をおこうとしていることは感じてました。それは俺が『エドリー』の社長の息子だって知ってしまったからなんですね？」

やっと自分から近づいて来てくれたのに、その手は自分が破ったシャツの襟《えり》を合わせ、端《はし》へ寄せられていた布団《ふとん》をその上から被《かぶ》せた。

「俺が『好き』だと言うから付き合ってくれてたのに、浮《う》かれていてすいません」

「…荒井との」

「ええ、聞いてました。ああ、そうだ。あなたも俺が聞いてたって気づいたんでしょう？　だからすまなくて離れたんでしょう」

千谷が、ゆらりと立ち上がる。

「もう二度と、こんなことはしません」

『男』の顔。

「だからあなたも、もう二度と人に流されて身体《からだ》を許したりしないで」

ああ、そうか…。

人は何かを決意した時に、こういう顔をするのか。

「俺のものにならなくてもいいから、あなたが一番好きな人のものになって下さい。自分を大切にして、優し過ぎないように」

覚悟《かくご》を決めたと、腹をくくった時に。

「俺が言うのはおかしいか…」

千谷は深く頭を下げ、俺に背を向けた。

「会社では、またいい後輩として扱《あつか》って下さい」

行ってしまう。

「今度は演技じゃなく、本当に『いい後輩』になりますから」

行ってしまう。

千谷が、行ってしまう。

お前はそれでいいのか、と自分の中で最後の問いかけが響《ひび》いた。

「千谷…！」

愚《おろ》かで醜《みにく》いのが自分なら、それも仕方がない。

聖人君子にはなれないほど欲が深いのが罪だというならば、後でその罰《ばつ》を受けてもいい。

名を呼んでも振《ふ》り向いてくれない彼の背中に戦慄《せんりつ》が走るから。

もう我慢することができない。

彼を失うことより怖いことがない。

自分の気持ちを告げずに彼を手放すことより酷《ひど》い罰はない。

「千谷！」

俺は布団を撥《は》ね除《の》け、ベッドを飛び出し、彼の背にしがみついた。

「…行かないで！」

言ってはいけないと、ずっと我慢していた一言。

「好きなんだ…」

言ってしまえば、彼がこの先苦しんでもいいから自分の側《そば》にいて欲しいと願うことだと恐れていたその一言を口にして。

「千谷が、『好き』なんだ…！」

死ぬほどの勇気を出したのに、振り向いてくれた千谷は優しく俺の手を握《にぎ》ると、ゆっくりと引きはがした。

「だめですよ」

まだ張り付いている押し殺した仮面の笑顔。

「俺は本気なんです。そんな優しさを見せるとまた誤解しますよ」

好きだと言うのを我慢するよりも辛《つら》い、その言葉を信じてもらえないこと。

これを俺はずっと彼に強要していた。

「違う、優しさじゃない」

どんなに好きと言ってくれても、応《こた》えてやらなかった。

「俺があなたを好きなのは、あなたを抱いて、犯《おか》して、自分のものにしてしまいたいっていう『好き』なんです。その意味じゃないなら、今俺の前でその言葉を使わないで。誤解して、期待してしまう」

その報《むく》いを今受けているのだと思えば、この苦しみは耐《た》えられる。

「期待してもいい」

「…鷺沼さん？」

遅《おそ》いだろうか。

もうダメだろうか。

「抱いていい、犯されてもいい、ぐちゃぐちゃに壊《こわ》してもいい。俺を千谷のものにしていい」

「鷺沼さん」

「俺がたかが気遣《きづか》いや優しさでこんなことを言う人間だと思わないでくれ」

「でも…」

俺の手を取ったままの彼の指に力が入る。

強すぎて、そこから先が白くなる。

「俺が取引先の…」

「俺はお前がアルバイトに来た時から『エドリー』の社長の息子《むすこ》だって知ってた」

「部長から直々に聞かされてた。誰《だれ》にも言わず、お前の面倒《めんどう》を見て欲しいと。多分、俺がまだ出世を考えるような立場じゃない若造だったからだろう。もっと上の人間に預ければ、お前を利用しようと考えるだろうから」

「…え?」

俺も、覚悟をしよう。

あんなふうに心を震《ふる》わせる顔ができるなら、その一瞬《いっしゅん》に賭《か》けたい。

「お前が本当のことを言ってくれたから、俺も本当のことを言う。信じてもらえなくてもいい。最後まで聞いて欲しい」

真っすぐに、彼の目を見て、告白しよう。

「俺も、千谷が好きだ。ずっと好きだった。でも、俺は最初からお前の正体を知っていた。だからお前をホモにするわけにはいかなかった。千谷には約束された未来があって、いつか親の会社に戻《もど》り誰かと…、結婚《けっこん》して家庭を持つ身だと知っていたから」

声が、一瞬だけ震えてしまった。

「だから好きになっても絶対に好きとは言えなかった」

けれどその震えに、彼は笑みを漏《も》らした。演技ではない、嬉《うれ》しそうな笑みを。

「思い出せよ、酔ったお前をホテルへ連れ込んだのは俺だ。何かを期待して入ったんだ。お前と恋愛《れんあい》をしてはいけないと思っていたクセに、『好き』と言われて目が眩《くら》んだ。差し出された

「荒井が好きなのはお前だ。俺に邪魔《じゃま》だと言って来た。俺の目の前で、俺の知らない話をする二人に妬《や》いたのは俺だ。お前をここへ呼んだ日…、俺はお前が先に荒井と約束をしたのを知ってた。それが嫌《いや》だったから、ウソをついて断らせたんだ」

諦《あきら》めるのを止めてくれるだろうか。

また俺に気持ちを動かしてくれるだろうか。

「遊びなら寝《ね》ていい、と」

少しは…、信じてくれるだろうか。

手を拒《こば》みきれなくて、咄嗟《とっさ》にウソをついた」

声が、少しずつ震えてくる。

どうして何も言ってくれない？

何故《なぜ》『嬉しい』と声にしてくれない。

もうダメなのか？

「長谷川は単なる俺の後輩《こうはい》だ。あいつが今日ここへ来たのは、結婚の報告のためだ。この間お前と偶然《ぐうぜん》会った時も、そのことで相談に来てたんだ」

どうして、そんな冷ややかな目で笑う。

恐怖《きょうふ》が、足元から這《は》い上がって来る気がした。

もしかして、俺は間に合わなかったのだろうか。

今更《いまさら》どんなに言葉を尽《つ》くしても、背を向けられた瞬間に、彼の中では全《すべ》てが終わってしまっていたのだろうか。

「千谷を避《さ》けてたのは、側にいると本当の気持ちを言ってしまいそうだったからなんだ」

「それで…、ずっと我慢《がまん》していたのにどうしてそれを今言うんですか？」

抑揚《よくよう》のない声。

心臓が、凍《こお》りつく。

「…背を…、向けられて…、失いたくないって思ったから…」

全身から悪い汗《あせ》が滲《にじ》む。

「あなたは俺が『エドリー』の息子だって知ってるんでしょう？　他《ほか》の人みたいに噂《うわさ》じゃなくて、事実として」

「…知ってる」

「これが取引先の息子の機嫌《きげん》取りじゃないと、どうして言い切れるんです？」

遅かった…。

何かに殴《なぐ》られたように目眩《めまい》がする。

身体《からだ》が小刻みに震え出すのが止まらない。

大粒《おおつぶ》の涙《なみだ》がぼろぼろと頰《ほお》に零《こぼ》れてゆく。

「信じ…。千谷が好きで…」

ばか、だ。

この苦しみが、我慢よりも耐えられるものだと思っていたなんて。

俺はばかだ。

「あ…ぁ…、う…っ…」

足から力が抜《ぬ》けて、立っていられなかった。

摑《つか》まれたままの手を残し、ガクリと膝《ひざ》を折る。

「鷺沼さん…っ！」

声を上げて泣き出す俺を、千谷がしっかりと抱《だ》きとめる。

でももうこの腕《うで》は…。

「ごめんなさい、今のはウソです。ワザと言ったんです。信じられなくて」

「う…」

「あなたが俺のためにそう言ってくれてるだけかも知れないと思って。もしそうだとしても、今度その気になったら俺はもう手放すことはできないから、ウソなら逃《に》がしてあげようと思ったんです」

「ち…や…」

涙に濡《ぬ》れる頰に繰《く》り返されるキス。

何度も、何度も。

涙をすくい取るように唇《くちびる》を寄せる。

力の入らない俺の身体を片方の手で抱《かか》え、もう一方の手で頭を抱える。

「本当に…、好きなんだ…」

「信じます。ウソだと言っても、もう聞けない」

「千谷…」

「もう止められない」

さっきの押し付けるようなものと違《ちが》って、様子を窺《うかが》うように始まるキス。

舌の先で口元にまで伝った涙を嘗《な》めとられ、迎《むか》えるために開いた唇を塞《ふさ》がれる。

もう応《こた》えてもいいから、俺は入って来る彼の舌に自分の舌を絡《から》めた。

「ん、ん、ん…」

自分からも手を回し、しっかりと抱き付くと、千谷は両手で俺の頭を固定し、更《さら》に口腔《こうこう》の奥までを犯《おか》した。

ちゅくちゅくと、いやらしい唾液《だえき》の音が鼓膜《こまく》に届き、その音でまた彼が欲しくなる。

やっと唇が離《はな》れた時には、肩《かた》で息をしなければならないほどだった。

「抱いて…、いいですか？」

「抱いて、最後まで」

「最後まで…？」

「して欲しかった、ずっと。でもされたら…、『好き』と言わずにはいられなかったから…」

ゴクリ、と千谷が喉《のど》を鳴らした。

「俺は…、酷《ひど》い男なんですよ？　欲も深い」

「欲なら俺もある。千谷が欲しい…」

シャツの前ははだけていた。

「あなたは俺を知らないから…」

彼が引き裂《さ》いたままだったから。

「千谷の方が俺を知らない。俺がどんなにお前を好きだったか」

ズボンの前も開けたままで、そこから零れ出る俺のモノはもう彼を求めて硬《かた》くなっていた。

「お前がいくら想像したって、考えつかないほど好きなんだ」

彼の腰《こし》に回していた手を解《ほど》いて、今度は俺が千谷の顔を手挟《たばさ》む。

自分からキスをして、彼の口に舌を入れる。

さっきよりは短いキスの後、そのまま彼の耳を食《は》み、首筋を嘗める。

「…鷺沼さん」

「紳士《しんし》じゃないのは俺だ…」

我慢していた分が、溢《あふ》れ出るように彼が欲しい。

何度か身体を重ねていたというのに、それが満足の行く抱擁《ほうよう》ではなかったから。今度こそは心ゆくまで千谷を受け入れたいと心が逸《はや》る。

「…嫌《きら》いになるか？」

「とんでもない。嬉しくて…、死んでしまいそうなくらいです」

「死ぬなら、俺を満足させてからにしてくれ…」

千谷が俺を抱え上げ、ベッドに座らせる。

「腰、上げて」

ズボンと下着を取り去って、俺の股間《こかん》へ目をやる。

「見るな…」

屹立《きつりつ》している自分が恥《は》ずかしくて、シャツの裾《すそ》でソコを隠《かく》そうとすると、彼の手がそれを止めた。

「隠さないで」

「でも…」

「俺のものになってくれるんでしょう？　俺の好きにしてもいいんでしょう？　それともあれは勢いで言った言葉ですか？」

「違う」

「じゃあ、見せて」

恥ずかしかった。

でもそれよりも、彼に自分の言葉を信じてもらえないことの方が嫌だったから、俺は言われた通りにシャツの裾を開いた。

見ていられなくて逸《そ》らす視線。

「可愛《かわい》い」

赤面するようなことを平気で言う口が、ソコを含《ふく》む。

「あ…」

両手が腰を抱き、逃げないようにされる。

「…っ、ん…」

いきなりの愛撫《あいぶ》に痺《しび》れが走った。

さっきキスの時にも響《ひび》いたいやらしい音が、今度はソコから聞こえた。

「あ…、や…」

吸い上げられ、歯を当てられ、ゾクリとしたものが腰から上がって来る。

「ここが弱いんですよね?」

意地の悪い質問だが、答えてやることはできなかった。

けれど言葉で答えなくても、それが正しいことはわかるだろう。

「千谷…」

ソコだけを責められて、上半身が疼《うず》く。

触《さわ》られてもいないのに、胸の先が痺れていた。

されていることは同じなのに、いつもよりずっと感じやすい。

彼はきっとそのことも気づいているだろう。

「あ…」

千谷はワザと頭をずらして俺がその行為《こうい》を見えるようにした。

長めの前髪《まえがみ》を掻《か》き上げ、彼の口の中に消えている俺のモノを見せつけた。

手を添《そ》えて先端《せんたん》だけを舌で嘗める。

「ああ…っ！」

じゅくっ、と先が濡れる。

「嬉《うれ》しいな…」

それをすくい取るように指が動き、割れたところを強く押さえる。

「本当に俺が欲しいんですね」

けれど彼が俺を苛《いじ》めるような言葉を発する度《たび》に、漏《も》れてしまうから、彼の唾液と合わせてすぐにそこは濡れて来た。

「足、開いて俺を入れて？」

水が音を生む。

「大きく開いて」

膝を開いてやると、彼が身体《からだ》を進める。

指がするりと降りて内股《うちまた》を撫《な》でる。

膝まで行き、また付け根へ。

いつもならば、その指が入り口へたどり着く前に止める言葉を口にするのだが、今日は何も言わなかった。何も言えなかった。

長い千谷の指がわずかばかりの滴《したた》りを纏《まと》って入り口を探《さぐ》る。

襞《ひだ》の感触《かんしょく》を楽しむように、周囲を撫でる。

「や…っ」

くすぐったくて、耐《た》えるために下半身に力を入れると、指先だけを捕《つか》まえてしまう。

まるでそうされるのを待っていたかのように、ゆっくりと、ゆっくりと、彼の指が内側への侵入《しんにゅう》を開始した。

「あ…」

もちろん前は舌に任せたままで、だ。

「や…」

左右に動いて、こじ開けるように中へ入って来る感覚。

「…狭《せま》いですね」

鼓動《こどう》に合わせて収斂《しゅうれん》する筋肉。

そのタイミングをはかりながら深く奥へ。

「俺の、入るかな…」

言葉が俺を嬲《なぶ》ると知っていてやってるんだ。

そうでなければ、こんなに言葉で感じてしまうはずがない。

「…う、ん…ん…」

指が全《すべ》て埋《う》め込まれると、今度は内側を引っ掻くように指が曲がる。

柔《やわ》らかい内壁《ないへき》があちこち押され、その度に膝《ひざ》が震《ふる》える。

「濡《ぬ》らすもの、持ってこないと」

「…いい」

「鷺沼さん？」

「いやだ…」

「でも濡らさないと…」

「今離《はな》れられたら…、もう勇気が出ない…」

指だけでも、少しの痛みは感じていた。

けれどそれも時間と共に消えてゆく。

それどころか、特定の箇所《かしょ》に指が当たると、何よりも強い快感が走った。

「俺は…、人に抱《だ》かれることに慣れてないんだ…。まして男を…」

ピクッとまた内側で指が動くから言葉が途切《とぎ》れる。

「…受け入れ…なんて…」

「俺だけ？」

黙《だま》って頷《うなず》く。

「…鷺沼さん、そのままゆっくり横になれる？」

「…ダメ」

「じゃ、横に倒《たお》れて」

「…抜《ぬ》いて…くれないと」

「ん」

ずるりと、排出感《はいしゅつ》があって指が引き抜かれる。

入って来た時よりも擦《す》れる感覚が強くて、こちらの方が気持ちがいい。

「横になって」

前も離してくれたから、今度は言われた通りベッドに横になる。

全身はドクドクと脈打って、息が苦しかったが、横になるとそれが幾分《いくぶん》楽になった。

「足もベッドへ上げて。そう、そしたら膝を折って」

まるでリモコンで操作されているかのように、千谷の言葉に従う。

「うつ伏《ぶ》せて、腰《こし》を上げて」

それがかなり恥ずかしい格好だと自覚はあっても、逆らえない。

千谷は横に座りながら、顔だけを俺の後ろに近づけ、そこに舌を這《は》わせた。

さっきまで煽《あお》っていた前には触《ふ》れず、そこだけを。

「…っう」

「千谷…、千谷…っ」

「我慢《がまん》して、濡らさないと」

「いや…っ」

「もうちょっとだから」

柔らかい舌と共に指が当たる。

唾液《だえき》のぬめりを借りて、さっきより抵抗《ていこう》なく指が入る。

くちくちと、肉を広げるようにそれが蠢《うごめ》く。

「あ…」

シーツを掴《つか》み、堪《た》えようとしてももう堪えることができなかった。

それがくれる快感が、完全に自分を支配していた。

つまり、千谷が。

「もうちょっと腰を上げて…」

彼に『そこ』を見られていると思うだけで感じてしまう。

十分にほぐされて、長い指が自在に動く頃《ころ》には、もう恥《は》じらう気持ちすら消えてしまいそうだった。

二本目が無理に入り込み、更《さら》に苦しさが増す。

「や…」

目が霞《かす》む。

「千谷…ぁ…」

生理的に涙《なみだ》が浮《う》かぶ。

腰が上がるのに連れてシャツは腰から落ち、背中が剝《む》き出しになる。

いつまでそうされているのかともどかしく思い始めて来た頃、指は突然《とつぜん》引き抜かれた。

「…千谷」

声と身体が彼を惜《お》しんで求める。

挿《い》れてもいいのに。

今日は覚悟《かくご》を決めたのに。

やっぱり自分では魅力《みりょく》がないのだろうか。

訴《うった》えるように目をむけると、彼は目を合わせて笑った。

「服を脱《ぬ》ぐ間くらいは待って下さいね」

飢《う》えているようで恥ずかしくて、顔を染める。その俺の前に立ち上がると、彼は楽になるために自分のシャツをはだけ、下だけを脱いだ。

のぞき見える引き締《し》まった筋肉に目が奪《うば》われる。

「少し、濡らして」

大きく張った千谷のモノが近づいて、口元に差し出される。

「ん…」

まだ快感に囚《とら》われたままの身体《からだ》を何とか起こして、彼のモノに唇《くちびる》を寄せる。口に含《ふく》むにはもう大き過ぎるから、さっき自分がされたように舌を使って丹念《たんねん》に濡らしてやった。

「濡らすだけでいいんです。それ以上されるとせっかくのチャンスがフイになる」

キシリ、と小さな音をさせて彼がベッドへ上がって来ると、もうその姿を目で追うことができなくなった。

背後に回られ、剝き出しの背中にキスをされると鳥肌《とりはだ》が立った。

濡れた入り口に彼が当たる。

最初にまた指が入り、まだそこが硬《かた》さを取り戻《もど》してないことを確認《かくにん》してから彼自身が入って来る。

「……ぁ」

ぎゅっ、握《にぎ》るシーツ。

それでも堪えられないだろうとは思っていた。

「…鷺沼さん」

快感を前にして、自分のモノがズキズキと痛む。

「ホントにいい？」

この期《ご》に及《およ》んでそう聞くのは意地悪過ぎる。

「や…って言ったら…どうするんだよ…」

「それでもする」

「じゃ…聞くな」

入り口に押し当てられたモノが圧力を持ってそこを広げる。

「…あ」

挿れられることが気持ちがいいのかどうかは、挿れられたことがないから、まだよくわからなかった。

けれど彼がしたいと思うことをさせてやれることと、彼と一つに繋《つな》がれるという悦《よろこ》びが、それを待ち望んでいた。

「…ぁあ…」

痛みがあって、腰が引ける。

それを留《とど》めるように手が前へ伸《の》びて握って来ると、イキそうになって腰が震えた。

「まだ、だめです」

彼が丁寧《ていねい》な口調で喋《しゃべ》るのがもどかしい。

もっと、好きなように扱《あつか》っていいのに。

「鷺沼さん」

千谷の身体が近づく。

「…ん…っ」

ゆっくりと、彼と一つになってゆく。

彼の体重が背中にかかり、その重みが侵入《しんにゅう》を手助けする。

圧迫《あっぱく》感は呼吸を止めさせ、息ができなくなる。

視界が明滅《めいめつ》するような感覚。

快感はまだ薄《うす》く、痛みばかりが疼《うず》いた。

指が前で快楽を引き出していなかったら、辛《つら》いばかりだっただろう。

「動く…よ？」

まだ身体が離《はな》れているうちから、彼はゆっくりと波のように身体を揺《ゆ》らした。

しっかりと咥《くわ》えていた場所が焼ける。

けれどそれがずるっと引き抜かれると、さっきの指と同じように強い快感を呼んだ。

「…あっ」

更に押し戻すように深く入り込まれ、また引き抜かれる。

「や…、あ…、あ…」

繰《く》り返す動き。

そのうちにだんだんと奥が開拓《ひら》かれる。

「ん…、千谷…ぁ…」

動きが激しさを増し、身体が揺すられる。

気遣《きづか》うようにゆるりと動いていたものが、我慢できなくなったように速まってゆく。

硬くなった先が、内側でイイトコロを擦《こす》り上げるから、堪《たま》らなくなってくる。

「鷺沼さん…」

熱く、押し殺した声。

「気持ちいい…？」

溶《と》けて、しまいそうだった。

彼の熱を受けた場所から、蕩《とろ》けてしまいそうだった。

「俺が…、好き？」

刺《さ》し貫《つらぬ》かれて、背が反る。

「あ…っ、あ…っ、…ん」

ぴったりと密着した彼の腰《こし》の感覚が、全《すべ》てが打ち込まれたことを教える。

腰を捉《とら》えた手がまた身体を引き離し、引き寄せる。

その度《たび》に内側が荒《あ》らされ、意識が朦朧《もうろう》とした。

「い…、千谷…」

気持ちよかった。

これまで感じたこともなかったほどの快感に溺《おぼ》れていた。

身体だけでなく心でも、彼が自分を求めて激しく動くことを悦び、感じていた。

「い…っ、ん…、そこ…っ」

「ここ？」

「い…あ…っ」

もっと酷《ひど》くしてもいい。

もっと激しくしてもいい。

お前が欲しかったのだ。

俺だって、お前を自分のものにしたかった。

「千谷…、もう…」

彼の手が自分の零《こぼ》したもので汚《よご》れてしまう。それなのにまだ絶頂が来ない。

頭の中がおかしくなりそうなほど気持ちいいのに、かすかに残る痛みがそれを邪魔《じゃま》してまだイケない。

「もっと…」

苦しくて、早く連れていかれたくて懇願《こんがん》する。

「千谷…」

それがわかっているのだろうか。

彼は腰を揺すりながらも前のめりに倒《たお》れて来て、俺の耳を軽く噛《か》んだ。

「い…」

そして低い声で囁《ささや》いた。

「和《かずい》…」

初めて呼び捨てにされる自分の下の名。

「……あ」

ゾクゾクとして力が入る。

「…俺のものだ」

『いい後輩《こうはい》』の殻《から》を脱《ぬ》ぎ捨てた千谷の素《す》の声。

「ち…」

波が来る。

全身を痺《しび》れさせるような快感の波が。

「ち…や…ぁ」

頭が白くなる。

「好き…」

彼の手の中で自分のモノがビクビクと震《ふる》える。

「好き…」

「和」

「…好き…」

目を閉じると、はらはらと涙《なみだ》が落ちた。

同時にエクスタシーを感じ、胴震《どうぶる》いする。

「…あ、…ぁ…っ！」

ぱたぱたとシーツに零れる俺の雫《しずく》を受けた手が、もう一度強くそこを握《にぎ》る。

けれどそれは俺のためではなく、彼が中へ放つ瞬間《しゅんかん》だった。

何度も抱《だ》き合って、喉《のど》が嗄《か》れるまで啼《な》いて、優《やさ》しく抱き締《し》められて、キスをして、まだ抱かれて。

今までの時間を埋《う》め合わせるように俺達は恋情《れんじょう》に溺れた。

大切に思っていたから、傷つけたくなかったから、互《たが》いに仮面を付けたましたのとは違《ちが》うセックス。

壊《こわ》してもいい、壊されてもいい、されても構わないと思って伸ばす手に、縋《すが》り付いた。

したいだけしてもいい、本当は、泣くほど好きだった。

みっともなくても、涙が止まらないほど好きだった。

自分の気持ちを全てぶつけたら、相手が困るだろうと思ってセーブしつづけた恋心《こいごころ》。

でももういいのだ。

我慢《がまん》しなくていいのだ。

そう思うと際限がなかった。

ようやく眠《ねむ》りについたのは真夜中近かったと思う。

時計を見る余裕《よゆう》もなく疲《つか》れ果てて眠りに落ちてしまったから、正確なところはわからなかったが…。

身体中の痛みに目を開けたのは、窓の外がまだ暗いうちだった。

「ん…」

身じろぐと、自分を捕《と》らえたままの腕《うで》がピクリと動く。

「…起きた？」

「千谷…」

目覚めて最初に見たのは、愛《いと》しい男の顔だった。

あの長い時間は夢ではなかったのだと教えてくれるものだった。

「寝《ね》なかったのか…？」

「この寝顔が自分のものだと思うと、嬉《うれ》しくて興奮して、眠れませんでした」

「…ばか」

眠っていたのはベッドではない。

それはそうだろう。

そこはもう眠れるような状態ではなかったのだから。

俺の身体《からだ》は奇麗《きれい》に拭《ぬぐ》われていて、布団《ふとん》にくるまれたまま千谷の腕の中、床《ゆか》の上で横たわっていた。

「本当はね、目が覚めたら、言わなきゃいけないことがあると思って、起きるのを待ってたんです」

「言わなきゃいけないこと？」

「昨日、…もう一昨日《おととい》ですけど。部長達に呼ばれて俺の身の振《ふ》り方を決めました」

その言葉に身体が震える。

それを感じ取った千谷は、安心させるように強く抱き締め、額にキスをくれた。

「俺はどこへも行きません」

「でも…」

「身分って言うか、素性《すじよう》は話すことになりますけど、この会社が好きだから、他《ほか》に移る気はないとハッキリ言ってきました。本当に好きなのは鷺沼さんなんだけど」

彼の笑顔《えがお》がもう子供のそれには見えない。

どんな笑い方をしても、心が疼《うず》くような男の笑みだ。

「だから、俺はずっとあなたの側《そば》にいます」

「…本当に？」

「ええ、本当に」

もぞもぞと布団から手を出して彼の頬《ほお》に触《ふ》れる。

求めるように顔を寄せると、今度は唇《くちびる》に唇が重なった。

もう身体はだるいほど疲れているのに、キス一つでまた燃え上がりそうだ。

「それと、鷺沼さんが一つ誤解しているようだから、これだけは早く教えてあげなくちゃと思って」

「何…？　荒井のこと…？」

「あいつは単なる友人です。全く関係なんかないですよ。好きと言われたってすぐにふってやります」

「そんな、酷い…」

「俺は酷い男ですから」

そんなことはない。

お前が酷いと思っているだけで、自分にとって酷くされたことなど一度もないと言ってやりたかった。

けれどそれよりも先に彼が口を開くから、それを告げてやることはできなかった。

「俺の将来を心配してくれたみたいですけど、俺は確かに『エドリー』の社長の息子《むすこ》ではあるけれど、跡取《あとと》りじゃないんです。鷺沼さん、ちゃんと調べなかったでしょう。俺の上には兄貴が二人もいるんですよ」

「…え？」

「この先も、俺があっちの会社へ戻《もど》るとか、子供を作るなんてことは心配しなくていいんです。あなたが心配するのは自分のことだけでいいんです」

「…嬉しい」

やっぱり自分はばかだ。

そんなことちょっと調べてみればわかっただろうに。

いや、それでもきっと俺は同じ迷いを覚えただろう。こんなに素敵な男が自分のものになるはずがない、とか何とか思いながら。

「だから、これからは俺との将来を考えて下さい。たとえば、次は何時《いつ》抱いてくれるのかとか、何時一緒《いっしょ》に住めるようになるかとか」

好き、だった。

この男がずっと好きだった。

今も好きで、好きで、たまらなかった。

胸が張り裂《さ》けるような思いを何度も味わって、何度も涙を流したけれど、忘れることも手放すこともできなかった。

だから俺の返事は決まっていた。

「今からでもいいよ」

他の誰《だれ》かでは代わりにならない恋人が側にいてくれるなら。

「抱くのも住むのも」

俺はもう迷うことはできなかった。

「千谷が好きだから」

この幸福の中で溺《おぼ》れて死ぬのなら、それさえも幸福だと思っていたから…。

あとがき

皆様《みなさま》、初めまして。もしくは、お久しぶりでございます。火崎勇です。

この度《たび》は『まだ愛に届かない』をお手にとっていただき、ありがとうございます。

今回は丁寧《ていねい》で行儀《ぎょうぎ》のいい（ように見える）年下攻と、強いけど可愛《かわい》い受、というお話です。

この話を書く前に、自分で一番泣けるのは、『好き』って言う気持ちが踏《ふ》みにじられる時なんだろうなぁと思っていました。

それで、この話を書く時に絶対『好き』と言っても相手に受け入れてもらえないシーンを入れようと思ったのです。

それが千谷が告白しても受け入れない鷺沼、勇気を振《ふ》り絞《しぼ》って告白した鷺沼を一旦拒絶《いったんきょぜつ》する千谷、というアイデアに繋《つな》がったんです。

いかがですか？　少しは泣けましたか？

いや、最初からオチはわかってるわけだし…なんて言わないでね。

さて、この後二人はどうなるか。

鷺沼は男気がありますから、一度『抱《だ》いて欲しい、一緒《いっしょ》に住みたい』と言ったからにはそうなるでしょう。

もちろん、千谷はいいトコの坊《ぼっ》ちゃんですから、現在高級マンションに一人暮らし。鷺沼が家財道具全部持って来たって全然ＯＫです。

だから強引《ごういん》な千谷は次の日曜にでも引《ひ》っ越《こ》し業者を連れて「鷺沼さん、一緒に住むって言ったじゃないですか」とにっこり笑って彼の荷物を移動させるでしょう。

千谷が金持ちである、ということは鷺沼にとって多少引っ掛《か》かることではあるのですが、彼が使う金が、全部父親の金というわけじゃなく、自分で学生時代から株なんかやって儲《もう》けた金だと知ると、好きなように使わせると思います。

ただ、無駄《むだ》遣《づか》いすると叱《しか》るでしょうが。

そして千谷はあの人懐《ひとなつ》こい笑顔《えがお》と礼儀正しさで、ガンガン押しまくって、毎日甘い生活をすると思います。

千谷もカッコイイですが、鷺沼もハンサムという設定なので、いつかどちらかにライバルが現れるその日まで、平穏《へいおん》で幸福でしょう。

もしそういう相手が現れたら…、まあどっちも戦うでしょうね。二人とも強い男なので。

それでは、そろそろ時間となりました。

また会う日を楽しみに、今回はこれにて…。

KADOKAWA RUBY BUNKO

まだ愛《あい》に届《とど》かない
火崎《ひざき》 勇《ゆう》

角川ルビー文庫 R95-7　13784

平成17年5月1日　初版発行

発行者——井上伸一郎
発行所——株式会社角川書店
東京都千代田区富士見2-13-3
電話/編集(03)3238-8697
営業(03)3238-8521
〒102-8177 振替00130-9-195208
印刷所——旭印刷　製本所——コオトブックライン
装幀者——鈴木洋介

ISBN4-04-449007-4　C0193　定価はカバーに明記してあります。

KADOKAWA RUBY BUNKO

R

角川ルビー文庫

いつも「ルビー文庫」を
ご愛読いただきありがとうございます。
今回の作品はいかがでしたか?
ぜひ、ご感想をお寄せください。

〈ファンレターのあて先〉

〒102-8177 東京都千代田区富士見2-13-3
角川書店 アニメ・コミック編集部気付
「火崎 勇先生」係